Mr. WILLIAM
SHAKESPEARE

심벨린
Cymbeline, King of Britain

국립중앙도서관 출판시도서목록(CIP)

심벨린 / 셰익스피어 지음 ; 김정환 옮김. ― 서울 : 아침이슬, 2012
　　p. ;　　cm. ― (셰익스피어 전집 : 13)

원표제: Cymbeline, King of Britain
원저자명: William Shakespeare
영어 원작을 한국어로 번역
ISBN 978-89-6429-121-4 04840 : ₩10000
ISBN 978-89-6429-132-0(세트)

영국 희곡[英國戱曲]

842-KDC5
822.33-DDC21　　　　　　　　　　　　CIP2012004209

심벨린
Cymbeline, King of Britain

심벨린, 브리튼의 왕

셰익스피어 지음 | 김정환 옮김

아침이슬

일러두기

운문과 산문 구분을 명확히 했고, 행갈이를 원문과 똑같이 맞추었다. 각 작품을 잘 쓰인 시집 한 권 대하듯 읽으면 적당할 것이다.

등장인물

심벨린 브리튼 왕

공주 이너젠 심벨린의 딸, 훗날 피델레로 남장

귀더리어스 폴리도어로 알려짐.
아비레이거스 캐드월로 알려짐. ⎤ 벨라리어스가 훔친 심벨린의 두 아들

왕비 심벨린의 아내, 이너젠의 계모

클로텐 경 왕비의 아들

벨라리어스 추방된 대신, 자신을 모건으로 칭함.

코닐리어스 의사

헬렌 이너젠을 모시는 귀부인 시녀

두 대신 클로텐을 모시는

두 신사

두 브리튼 지휘관

두 간수

포스튜머스 리오네이터스 가난한 신사, 이너젠의 남편

피사니오 포스튜머스의 하인

필라리오 포스튜머스의 친구

쟈코모 이탈리아인 ⎤
프랑스인
네덜란드인 필라리오의 친구들
스페인인 ⎦

카이우스 루치우스 로마에서 온 사절, 훗날 로마군 장군

두 로마 원로원 의원

로마 호민관들

로마 지휘관

필하르모누스 점쟁이

주피터

시실리어스의 유령 포스튜머스의 아버지인 시실리어스 리오네이터스의 유령

어머니 유령 포스튜머스 어머니의 유령

형제 유령들 포스튜머스 형제의 유령들

심벨린을 모시는 궁정 신하들, 왕비를 모시는 귀부인 시녀들, 클로텐을 모시는 악사들, 전령들, 병사들

대사에 나오는 외국 명

타르퀴니우스 루크레티아를 겁탈한 로마 군주

아프로디테 그리스 신화 미와 사랑의 여신. 로마 신화의 비너스

고르디우스 그리스 신화에 나오는 프리지아의 왕

테레우스 그리스 신화에 나오는 트라키아의 왕

필로멜 그리스 신화 대지의 여신 데메테르의 아들

아우구스투스 케사르 줄리어스 케사르의 조카로 로마제국의 첫 황제

러드 lord와 같은 의미. 런던은 군주의 도시(Lud's town)란 뜻이다.

판노니아 도나우 강 중류 오른쪽의 헝가리 분지 지역. 다키아인, 일리리아인, 게르만인,
　　　　켈트인 등이 거주하는 비옥한 지역

달마치아 아드리아 해 동쪽 해안 지역

에네아스 트로이 전쟁에서 활약한 아프로디테의 아들

시논 그리스 신화 인물. 영웅 오디세우스의 사촌동생

세번 강 웨일즈의 캄브리아 산맥에서 발원하여 브리스틀 해협으로 흐르는 영국에서 가장
　　　　긴 강

아이아스 트로이 전쟁에 참가한 그리스 연합군의 용장

헤큐바 트로이 전쟁 당시 트로이 왕 프리암의 왕비

루치나 로마 신화 아기의 분만을 관장하는 여신

엘리시움 그리스 신화에서 착한 사람이 죽은 후에 간다고 하는 극락. 이상향

포이보스 태양신 아폴로의 별칭

제1막

정말 비참하구나,
영광을 열망하는 욕망은. 축복받은 거야,
아무리 비천하더라도, 소망이 단순한 사람들은,
소망이 위안에 양념을 쳐 주거든.

1막 1장

브리튼, 심벨린 궁전

두 신사 등장

첫 번째 신사 만나는 사람마다 우거지상일세. 우리들 기질이
　　　하늘에 따르는 것보다 더 우리 궁정 신하들께서는
　　　왕의 눈치를 살피겠다 이거지.

두 번째 신사 근데 뭐가 문제야?

첫 번째 신사 왕의 따님, 그리고 왕국 계승자이시기도 한데, 그분을
　　　왕께서 왕비님의 외아들과 결혼시키려 했는데─과부야
　　　최근 왕께서 결혼하신 분이─공주님이 선택한 신랑은
　　　가난하지만 훌륭한 신사였거든. 공주님이 혼인을 하시자,
　　　공주님 남편은 추방되고, 공주님은 옥에 갇혔지. 모두가
　　　겉으로 슬픈 표정일 밖에, 왕께서야
　　　속까지 쓰리시겠지만.

두 번째 신사 왕께서만?

첫 번째 신사 공주를 놓친 사람도, 또한. 왕비도 그렇고,
　　　왕비가 가장 바랐던 혼사였으니. 하지만 궁정 신하들은─
　　　비록 모두 얼굴 표정을 왕 표정
　　　따라 짓기는 하지만─하나같이 마음속으로
　　　기뻐하고 있어, 스스로 못마땅한 척하는 바로 그 일을.

두 번째 신사 그 이유는?

첫 번째 신사 공주님을 놓친 것은 생겨먹은 게
　　　　　험담할 가치조차 없는 위인이고, 공주님을 차지한 것은—
　　　　　그녀와 결혼한 분은—아아, 훌륭한 분이고,
　　　　　그래서 추방당한 분이야!—그 품성이 워낙 뛰어나서
　　　　　지구 온 세상을 훑으며
　　　　　그분 같은 이를 아무리 찾아내 본단들, 뭔가 미흡할 거야,
　　　　　비교 대상으로 뽑힌 그 사람이. 내 생각에
　　　　　그렇게 외모가 아름답고 그렇게 속이 튼실한 사람은
　　　　　그분 딱 하나라고.

두 번째 신사 엄청 띄우는군.

첫 번째 신사 내가 아무리 줄줄이 읊어 댄단들, 이보게, 모두 그분
　　　　　경계 안에서야.
　　　　　그분을 쪼그라트리는 거지, 그분의 실제 가치를
　　　　　제대로 드러내기는커녕.

두 번째 신사 이름이 뭐고 어느 가문인데?

첫 번째 신사 자세한 가계도는 몰라. 그분 아버지는
　　　　　시실리어스라는 이름으로 전공을 세웠어
　　　　　캐시벨런 왕과 함께 로마군에 맞서 싸울 때
　　　　　그러다 테넌티어스 왕 때 작위를 하사받았지.
　　　　　영광스럽고 찬탄할 만한 전공을 세웠거든.
　　　　　그래서 받은 별칭이 '리오네이터스'였네.
　　　　　그리고 자식은, 우리가 얘기한 이 신사 말고도,
　　　　　아들 두 명이 더 있었으나 당시 전쟁터에서
　　　　　사망했어 손에 칼을 든 채. 그 때문에 그들 아버지는,

당시 늙고, 자식들을 좋아했던 터라, 슬픔을 이기지 못하고
아예 숨을 놓아 버렸고, 마음씨 착한 그의 부인은,
우리가 얘기한 그 신사를 밴 상태였는데, 돌아가셨네,
그분을 낳다가. 왕께서, 그 아기를
데려오게 하여 포스튜머스 리오네이터스라 이름 짓고,
아기를 기르셨어, 그리고 왕의 침실 시동으로 두셨지.
그의 나이에 가능한
온갖 교육을 받게 했고, 그것을 그이가 습득하는 게
흡사 사람이 공기 들이쉬듯 자연스럽고 빨라서
봄이 곧바로 수확철인 거라. 궁정에서 살았어─
그런 일은 드물어─칭찬이 자자했고, 누구보다 사랑받았어.
자라나는 세대의 귀감, 어른들한테는
자애와 미덕의 거울, 그리고 더 나이 든 사람들한테 그는
노망든 늙은이를 수발드는 아이였어. 자기 여자한테는,
그 일로 추방된 상태지만, 공주님 스스로 치른 희생이
명백하게 보여 주잖나, 그녀가 그분과 그분의 미덕을 어떻
게 평가하는지.
그녀의 선택이야말로 진정한 책일세,
그분이 어떤 분인지를 알려 주는.
두 번째 신사 존경의 염이 샘솟는군,
자네 얘기만으로도. 근데 말이야,
그녀가 왕의 유일한 자식인가?
첫 번째 신사 외동딸인 셈이지.
아들이 둘 있었는데─그 얘기가 궁금한가,
말해 주지. 그중 맏이는 세 살,

둘째는 강보에 싸인 상태로, 육아실에서

　　도둑을 맞았는데, 지금까지 아무 정보도 짐작도 없어

　　그 행방에 대해.

두 번째 신사　그게 언젯적 얘긴가?

첫 번째 신사　20년은 족히 됐을걸.

두 번째 신사　왕의 자식들을 그렇게 도난당하다니,

　　그리 부주의하게 지키다니, 그리고 수색이 게을러

　　추적조차 못하다니!

첫 번째 신사　꽤나 이상한 얘기지,

　　그 허술함은 비웃음 당해 마땅하고 말지,

　　하지만 그게 사실이라네, 이보게.

두 번째 신사　자네 말이니 믿겠네.

　　　　　왕비, 포스튜머스, 그리고 이너젠 등장

첫 번째 신사　우린 물러가세. 저기 그 신사분,

　　왕비님과 공주님이 오시네. 〔두 신사 퇴장〕

왕비　아니, 난 안 그래. 공주,

　　계모란 게 오죽하겠냐는 중상과 달리,

　　난 널 독기 서린 눈으로 보지 않을 것이다. 네가 나한테 갇

　혀 있는 신세다만

　　간수인 내가 열쇠를 주마

　　갇혀 있는 너에게. 귀하, 포스튜머스에게는,

　　폐하의 불편한 심기를 달래 드린 후,

　　내가 귀하의 주장을 전해 올리겠소. 정말, 아직은

　　폐하께서 분노의 불길에 휩싸인 상태시니, 좋을 것이오

순순히 그분 말씀을 따르는 것이
현명한 일이겠지.

포스튜머스 왕비마마,
전 오늘 이곳을 떠날 것이옵니다.

왕비 조심하시게.
내 정원을 한 바퀴 돌고 오겠다, 안쓰러우니까
빗장이 가로지른 사랑의 고통은, 비록 왕께서는
두 사람의 대화를 금하셨지만. 〔퇴장〕

이너젠 오 저런 위선이 어딨담! 정말 근사하군, 폭군이
감언이설로 위해를 가하는 수작! 여보,
아버님의 분노가 두렵기는 하지만, 별일은―
자식 노릇은 착실히 했으니까―
없을 거예요. 그냥 노여우신 거겠죠. 당신은 떠나야 하고,
전 여기에 남아 시간마다 눈총을
받겠지요. 성난 아버님의, 제가 살아갈 희망은
세상에 당신 같은 보석이 있어
내가 다시 만날 수 있으리라는 오직 그것뿐.

포스튜머스 나의 여왕, 내 여인!
오 부인, 그만 눈물을 그쳐요. 이러다가는 내가
사내답지 못하게 마음이
연약하단 소릴 듣겠소. 나는 영원히
결혼을 서약한 가장 성실한 남편으로 남겠어요.
로마로 가서 필라리오라는 사람 집에서 지낼 것인데,
아버님한테 친구였고, 나와는
편지를 통해 아는 사이요. 그리로 편지해 주시오, 나의 여왕,

그러면 내 눈으로 들이키리다, 당신이 보낸 단어들을
설령 잉크가 쓸개즙으로 만든 것이라 해도.

   왕비 등장

왕비 짧게 끝내시게, 부디.
　　왕께서 오시기라도 하면, 나도 알 수가 없어
　　무슨 역정을 내실지. 〔방백〕 하지만 난 폐하를
　　이리로 모셔 와야. 내가 언짢은 일을 하더라도
　　폐하는 봐주시거든, 내가 예뻐서,
　　내 잘못을 비싸게 사 주신단 말이지. 〔퇴장〕
포스튜머스 우리가 이별의 시간을
　　앞으로 살날만큼 누리더라도,
　　헤어지기 싫은 마음만 늘어날 테요. 안녕.
이너젠 아니, 조금만 더 계셔요.
　　말 타고 바람 쐬러 나가신대도
　　이렇게 보잘것없이 이별하진 않을 거예요. 이봐요, 내 사랑.
　　이 다이아몬드 반지는 어머님이 끼시던 거예요. 가져가셔
요, 내 님.
　　　〔그녀가 그에게 반지를 준다〕
　　다른 아내를 맞기 전까지는 간직하셔야 해요
　　이너젠이 죽고 나서 말예요.
포스튜머스 뭐가, 어떻다구? 다른 아내요?
　　마음씨 고운 신들이여, 내가 차지한 이 사람만을 제게 주시고,
　　시체처럼 싸시오. 다른 사람과 나의 포옹을
　　초 먹인 헝겊으로! 머물거라, 머물거라 너는 여기에

〔그가 반지를 낀다〕

　감각이 너를 간직할 수 있는 동안. 그리고, 상냥하고, 아름
다운 내 님,

　나의 빈약한 존재가 당신과 교환된다면

　너무도 많은 손해를 끼치는 것이듯, 정표로도

　나는 많은 이득을 보는구려. 날 위해 이것을 차 주시오.

〔그가 그녀에게 팔찌를 준다〕

　사랑의 수갑이오. 내가 이것을 채워 드리리다

　지상의 가장 아름다운 수감자한테.

이너젠　오 신들이여!

　우리 언제 다시 만나게 될까요?

심벨린과 대신들 등장

포스튜머스　아, 왕께서 오시네!

심벨린　이런 비천한 것이, 썩 꺼져라, 내 눈앞에서 사라져!

　차후에도 네놈이 궁정을

　네놈의 부덕으로 더럽힌다면, 살아남지 못하리라. 꺼져라.

　네놈은 내 피에 독이야.

포스튜머스　폐하께 신들의 가호를,

　그리고 궁정에 남은 착하신 분들께 축복을!

　저는 가겠습니다. 〔퇴장〕

이너젠　죽음의 고통도

　이보다 더 예리하지는 않을 것이야.

심벨린　오 이런 불효막심한 것,

　내게 힘을 주기는커녕 나이를

더 먹게 만들다니.

이너젠 청컨대 아버님, 폐하,

노여움으로 몸 상케 하지 마소서.

전 폐하의 분노를 느끼지 못해요. 더한 감정이 복받쳐

온갖 고통, 온갖 두려움을 짓누르니까요.

심벨린 여자의 기품도, 자식의 의무도 모두 버렸구나ㅡ

이너젠 희망을 버린 거죠, 절망에 빠졌어요. 그래서 은총도 버렸

구요.

심벨린 왕비의 외아들을 네가 내쳐 버렸으니!

이너젠 오 그건 제가 축복받은 거죠! 독수리를 차지하여

솔개를 피하게 되었으니.

심벨린 거지를 택했으니, 너는 나의 옥좌를

천한 자의 의자로 만들려 했던 셈이야.

이너젠 아녜요, 오히려 그 자리에

광채를 더한 겁니다.

심벨린 오 고약한 것 같으니!

이너젠 아버님,

제가 포스튜머스를 사랑한 것은 아버님 잘못이어요.

아버님이 그이를 제 소꿉친구로 키우셨지요. 그리고 그이는

어떤 여자와 결혼해도 기울지 않는 분인데, 두 번 치른 거죠

한 번이면 합당한 대가를.

심벨린 뭐라, 이것이 미쳤나?

이너젠 미치겠어요, 아버님. 하느님 저의 제정신을 돌려주소서!

내가

소치기의 딸이라면, 그리고 나의 리오네이터스가

이웃 양치기 아들이라면.

왕비 등장

심벨린 이런 멍청한 것.

　　〔왕비에게〕 둘이 또 만나더군. 당신이

　　짐의 명을 어긴 거요. 〔대신들에게〕 공주를 데려가라,

　　그리고 감금하라.

왕비 참으세요 부디, 고정하세요,

　　소중한 따님도, 그만. 상냥하신 폐하,

　　제가 따로 얘기를 나눠 보겠으니, 폐하께서는 어디 가서

　　마음을 좀 달래 보세요.

심벨린 아니, 한숨으로 진 빠지게 놔둬,

　　하루에 피 한 방울씩. 그러다가, 늙어

　　죽게 돼서야 멍청한 걸 알겠지. 〔대신들과 함께 퇴장〕

왕비 이런, 네가 져 드리지 않구서.

　　　　〔피사니오 등장〕

　　저기 네 하인이 오는구나. 무슨 일인가, 자네? 무슨 소식이야?

피사니오 왕비님 아드님께서 제 주인께 칼을 뽑아 들었어요.

왕비 하! 해치지는, 설마, 않았겠지?

피사니오 그럴 뻔했죠,

　　하지만 제 주인이 싸우기보다는 장난치듯 응대하셨지,

　　분노의 도움을 받지는 않으셨어요. 둘을 떼어 놓았습니다,

　　그 자리에 있던 신사분들이.

왕비 거 참 다행이다.

이너젠 왕비님 아들은 제 아버님의 친구니까, 아버님 편이니까

칼을 뽑아 유배자한테 들이댄다─오 용감한 분이셔!

아프리카에서 둘이 함께 있었더라면 좋았을걸,

내가 바늘 들고 그 곁에 있다가, 뒤로 물러나는 자

콕콕 찔러 줄 텐데. 〔피사니오에게〕 주인님을 혼자 두고 왔어요?

피사니오 그분 명으로 왔습니다. 배 타는 데까지 모시려 해도

그럴 필요 없다시고는, 이 쪽지에다

제가 할 일을 적어 주셨어요,

공주님이 저를 하인으로 받아 주신다면요.

왕비 이 사람은 이제껏

네 충실한 하인이었지. 감히 내 명예를 걸고 말하건대

앞으로도 그럴 것이다.

피사니오 황공하옵니다, 마마.

왕비 잠시 걷자꾸나. 〔퇴장〕

이너젠 앞으로 30분 뒤, 나와 얘기 좀 해요.

우리 주인님 배 타시는 거라도 살펴 드려야죠.

어서 가 보세요.

따로따로 퇴장

1막 2장
심벨린 궁전

클로텐과 두 대신 등장

첫 번째 대신 왕자님, 셔츠를 갈아입으시죠. 하도 격렬하게 움직이
　　　셔서 산 제물처럼 김을 뿜으시네요. 공기라는 게 같은 곳으로
　　　드나드는 거죠. 구린 숨 뿜는 걸 보니 건강하시네, 들이쉬는
　　　바깥 공기는 그렇지 않은데.

클로텐 피가 묻었으면, 갈아입어야지. 그놈한테 내가 부상을 입
　　　혔나?

두 번째 대신 〔방백〕 천만에, 그분 인내심조차 건드리지 못했단다.

첫 번째 대신 부상 말씀이십니까? 부상을 안 당했다면 그건 구멍
　　　숭숭 뚫린 시체겠지요. 그러고도 부상을 안 당했다면 칼날의
　　　대로겠고요.

두 번째 대신 〔방백〕 그의 칼은 빚이 많아─뒷골목으로 다녀야 할
　　　게다.

클로텐 그놈이 맞상대를 피하더라구.

두 번째 대신 〔방백〕 피했구말구, 언제나 앞을 향해 피했단다. 네 얼
　　　굴을 향해.

첫 번째 대신 맞상대라뇨? 왕자님 땅은 지금 소유분만으로도 충분

한데, 그자가 무릎 꿇어 한 뼘 땅을 보태 드리던 걸요.

두 번째 대신 〔방백〕 귀신 땅 따먹는 소리. 대양 하나에 1인치는 혹시 모르겠다. 시건방진 것들!

클로텐 그 사람들 괜히 끼어들어서 말야.

두 번째 대신 〔방백〕 그건 나도 동감이다. 그래야 네놈이 대자로 뻗어 그 멍청한 길이를 재 볼 수 있었을 텐데.

클로텐 그런데도 그녀가 이자를 사랑하고 날 거부하다니!

두 번째 대신 〔방백〕 올바른 선택이 죄라면, 공주님은 지옥행일세.

첫 번째 대신 왕자님, 늘 말씀드렸지만, 공주님은 아름다움과 두뇌가 서로 어울리지 않아요. 외모는 근사하죠. 하지만, 그리 현명하지는 않아 보이시더라고요.

두 번째 대신 〔방백〕 바보들한테 현명함을 비춰 줬다가는 그 반사에 다치는 수가 있단다.

클로텐 갑시다. 내 방으로. 부상을 좀 입혔으면 좋았을 것을.

두 번째 대신 〔방백〕 내 생각은 달라, 당나귀 한 마리 쿵하면 몰라도, 그것도 별 상처는 아니지만.

클로텐 〔두 번째 대신에게〕 함께 가겠나?

첫 번째 대신 제가 왕자님을 따르겠습니다.

클로텐 아니, 어서, 모두 함께 가야지.

두 번째 대신 그러죠, 왕자님.

　　　모두 퇴장

1막 3장
심벨린 궁전

이너젠 항구 해변으로 달려가서
　　　배라는 배는 모두 살펴보았겠지. 그분이 편지를 보내셨는데
　　　내가 받지 못한 거라면, 너무 늦은 석방 문서고
　　　난 하늘이 내린 은혜를 저버린 셈이지. 마지막 그이 말씀이
　　　뭐였다고?
피사니오 나의 여왕, 나의 여왕이여.
이너젠 그런 다음 손수건을 흔드셨다?
피사니오 그리고 손수건에 입을 맞추셨고요, 공주님.
이너젠 무감각한 아마포 조각이, 그땐 나보다 행복했구나!
　　　그게 다인가?
피사니오 아닙니다, 공주님. 오랫동안
　　　주인님은 제가 주인님을 제 눈과 귀로
　　　알아보게끔 하시며 지켰어요,
　　　갑판을, 장갑 혹은 모자 혹은 손수건을
　　　여전히 흔들면서, 참담하고 심란한 마음의
　　　참으로 탁월한 표현이었죠, 참으로 떠나기 싫건만

배는 이토록 빨리 항구를 떠난다는.

이너젠 지켜보았어야 하는 거 아닌가요,

그분이 까마귀, 아니 그보다 더 작게

사라질 때까지?

피사니오 공주님, 그랬고말고요.

이너젠 나라면 시신경 줄이 끊어져, 못 쓰게 될망정

그이를 쳐다보았을 거야, 아주 작아져

크기가 내 바늘 끝만 해질 때까지.

아니, 따라갔을 거야 그이가

각다귀만 하다가 공기로 녹아들 때까지, 그리고 나서

눈을 돌리고 울었을 거야. 근데, 착한 피사니오,

우린 언제 그분 소식을 듣게 되죠?

피사니오 분명, 공주님,

기회 닿는 대로 곧장 소식 주실 겁니다.

이너젠 작별 인사는 못했지만,

하고 싶은 말은 참 많았어. 말씀도 못 드렸지

이 시간 저 시간에 그분 생각을

이렇게 저렇게 하겠다는 거, 아니면 맹세를 받을 수도 있었

는데,

이탈리아 여인들이 현혹하면 안 되잖아,

나의 권리와 그분 명예를, 아니면 내가 숙제도 내드렸겠지

아침 여섯시에, 정오에, 한밤중에

기도로써 날 공략해 주십사고─왜냐면 그때

난 하늘에서 그분을 기다릴 테니까─아니면 드렸겠지

그분께 작별의 입맞춤을, 마법의 두 단어 사이

위험을 물리치는 입맞춤 말야. 그런데 아버님이 들이닥친 거야.

그리고, 폭압적인 북풍처럼,

꽃봉오리들을 피지도 못하게 흩날려 버린 거야.

귀부인 시녀 등장

귀부인 시녀 왕비께서, 공주님,

공주님을 뵙고자 하십니다.

이너젠 〔피사니오에게〕 내가 말씀드린 거, 잘 좀 처리해 주세요.

난 왕비를 모실 테니.

피사니오 공주님, 염려 마십시오.

이너젠과 귀부인 시녀가 한쪽 문으로, 피사니오는 다른 쪽 문으로
퇴장

1막 4장

로마, 필라리오의 집

진수성찬이 차려진 식탁이 있고 필라리오, 쟈코모, 프랑스인 한 명, 네덜란드인 한 명, 스페인인 한 명 등장

쟈코모 내 말이 맞아요, 자네들, 내가 브리튼에서 그를 본 적이 있어. 당시 명성이 한창 뜨는 중이라 오늘을 기약할 만했지. 하지만 그가 자신의 자질 목록을 옆구리에 달고 다닌 짝이라 내가 그 항목을 하나하나 확인할 수 있기는 했지만 뭐 감탄까지야.

필라리오 그건 그의 안팎이 지금보다 덜 갖추어졌을 때 얘기지.

프랑스인 난 프랑스에서 그를 보았소. 그처럼 독수리눈으로 태양을 응시할 수 있는 사내는 얼마든지 있었지.

쟈코모 왕의 딸하고 결혼한 것 때문에, 그렇게 되면 그 자신의 가치보다는 그녀의 가치로 그를 판단하기 마련이니까, 그 일로 그의 평판이, 분명, 실제보다 훨씬 더 커졌을 거야.

프랑스인 추방된 것도 그렇고.

쟈코모 맞아, 그리고 공주 편을 들며 이 슬픈 이혼을 애도하는 자들의 칭송 또한 그의 가치를 엄청 과장했을 거고, 단지 공주의 판단에 힘을 실어 주기 위해서라도, 그렇지 않으면, 별 볼일 없는 거지를 택했으니 조금만 공략해도 그 판단의 성곽이

무너져 버릴 거 아닌가. 근데 어찌하여 그 사람이 이 집에 머물게 되었는가? 자네를 어떻게 아는데?

필라리오 그의 아버님과 난 군대 생활을 함께했어. 그분께 난 다름 아닌 내 목숨을 빚졌고 말야.

〔포스튜머스 등장〕

저기 그 브리튼 친구가 오는군. 저만한 지위의 외국인을 어떻게 대접하는 게 신사다운지 자네들 모두 잘 알고 있으리라 믿네. 청컨대, 이 신사분과 잘 사귀어 보게. 나의 고결한 친구로 자네들한테 소개하는 거니까. 얼마나 훌륭한 분인지 앞으로 알게 될 걸세. 본인 듣는 데서 내가 대 놓고 말하기는 좀 그렇고.

프랑스인 〔포스튜머스에게〕 선생, 우리 오를레앙에서 한 번 뵌 적이 있지요.

포스튜머스 그때 제가 크게 신세를 졌는데 앞으로 내내 두고두고 갚겠습니다.

프랑스인 선생, 제 보잘것없는 친절을 너무 과대평가하시네요. 우리 나라 사람과 선생을 화해시킬 수 있어 기뻤습니다. 좀 딱하기는 했지요 그때 서로 죽이겠다는 심사로 결투를 했지만, 발단은 너무도 가볍고 사소한 문제였으니까요.

포스튜머스 변명 같지만, 선생, 그때 제가 젊은 나이로 여행을 하는 처지라서 남의 경험을 참고해서 온갖 행동을 조심해야 하는데, 그보다는 듣기 싫은 소리를 못 참는 편이었죠. 하지만 좀 더 분별을 갖고 생각해 보아도—좀 더라는 말이 듣기 좀 뭐하시겠으나—그때 결투의 발단이 사소한 것은 결코 아니었지요.

프랑스인 아니, 그랬어요. 칼로 해결을 보고, 아무리 보아도 누구 하나 죽거나, 둘 다 죽을 것 같은 사태를 초래할 사안은 아니고말고요.

쟈코모 실례가 안 된다면 어떤 의견 차이였는지 물어도?

프랑스인 물론 되죠. 내 생각에는. 공개적인 말다툼이었으니까, 애기를 해도 문제는 없어요. 그게 어젯밤 우리가 어쩌다 벌였던 논쟁과 매우 흡사한 건데, 각자 자기 나라 여자 칭찬을 하다가, 그때 이 신사분이 단언을 한 거죠─목숨까지 걸면서─자신의 여인은 내 조국 프랑스의 가장 뛰어난 여인보다 더 아름답고, 미덕 있고, 현명하고, 정결하고, 지조 있고, 두드러지고, 상류층이고, 성적 유혹에도 끄떡없다고 말입니다.

쟈코모 그 여인 지금 돌아가셨겠군. 아니면 이 신사분 견해가 지금쯤이면 닳아 문드러졌거나.

포스튜머스 그녀는 여전히 미덕을 간직하고 있소. 내 마음도 변함이 없고.

쟈코모 우리 이탈리아 여성들 앞에서 그녀 칭찬이 그토록 과하면 안 되시지.

포스튜머스 프랑스에서 그토록 과하게 약올림을 당했으나 난 그녀에 대한 나의 평가를 조금도 깎아내릴 생각이 없소, 비록, 공개적으로 말하건대, 내 자신 그녀의 숭배자일 뿐, 애인 될 자격은 없는 놈이지만.

쟈코모 못지않게 아름답고 못지않게 착하다─일종의 손에 손 잡고 식 비교죠─그것만으로도 브리튼 여자이기에는 너무나 아름답고 너무나 착하다가 되는 거 아닐까. 만일 그녀가 내가 본 다른 여성보다 낫다면─선생이 낀 다이아몬드가 내가 본

대부분의 것보다 더 빛나니—대부분 여자보다 그녀가 낫다는 것을 내가 믿을 밖에 없겠으나. 난 아직 이 세상 최고의 다이 아몬드를 본 적이 없고, 선생은 이 세상 최고의 여자를 본 적이 없다는 말씀.

포스튜머스 나는 그녀를 내가 평가한 대로 예찬했소. 내 반지도 그렇고.

쟈코모 어떻게 평가하시는데?

포스튜머스 이 세상 모든 것보다 더 낫다고 평가하오.

쟈코모 비길 바 없다는 당신 여인이 죽었거나, 형편없는 여자한 테 당신이 높은 가격을 매기는 것이거나 둘 중 하나겠군.

포스튜머스 천만에. 하나는 팔거나 줄 수도 있겠지, 값어치만큼 돈을 내거나 받을 만한 자격이 있다면 말이지. 하지만 다른 하나는 파는 물건이 아니지. 오로지 신들이 주신 선물이고 말야.

쟈코모 신들이 당신한테 준 게 어떤 거지?

포스튜머스 신들의 은총으로, 내가 지킬 것이지.

쟈코모 그녀를 법적으로는 꿰차고 다닐 수 있겠지. 하지만, 아다 시피, 낯선 새들이 근처 연못에 발을 담근다 이거야. 당신 반 지도 훔쳐 갈지 모르고. 그러니 당신이 그토록 높게 평가하는 두 가지가, 하나는 깨지기 쉽고, 다른 하나는 어찌될지 모른 다 이거지. 교활한 도둑 혹은 그 방면에 한 가닥 하는 연애꾼 이 두 가지 다 빼앗아 가는 수가 있어.

포스튜머스 당신 나라 이탈리아에 내 여인의 명예를 짓누를 만큼 능숙한 연애꾼은 있을 리가 없어, 정조를 지키거나 잃는 문제 로 그녀를 깨지기 쉽다고 표현한 것이라면. 도둑이 들끓기는 하는 모양이지만, 반지 걱정도 안 하고.

필라리오 그쯤 합시다. 신사분들.

포스튜머스 선생, 전적으로 동감이요. 이 훌륭한 이탈리아 신사분
께서, 고맙게도, 절 이방인 취급 안 하시네요. 첫눈에 친해졌
어요.

쟈코모 지금까지 얘기의 다섯 배만 나눌 수 있어도 당신의 그 아
름답다는 여자 내게로 넘어오는 거 잠깐이야, 아니 접근 기회
만 있다면 아예 자빠트릴 수 있다고.

포스튜머스 같잖은 소리.

쟈코모 그렇담 내가 당신 반지에 내 재산 반을 걸면 어쩔 텐가, 내
가 좀 손해 같지만. 하지만 난 그녀의 명예가 아니라 당신의
자만이 못마땅해 내기를 거는 거야. 그리고, 개인적으로 기분
상했을까 봐 하는 얘기지만, 난 이 세상 어느 여자한테도 내
기를 시도할 수 있어.

포스튜머스 그렇게 자신을 과신하면 큰코다치지. 그리고 그 시도
때문에 분명 당신은 당신이 받아 마땅할 것을 받고 말겠지.

쟈코모 그게 뭔데?

포스튜머스 퇴짜. 하지만 당신의 시도는, 당신이 시도라 표현했으
니, 더한 걸 당해야 싸지―형벌도, 또한.

필라리오 신사분들, 이제 그만해요. 너무 급작스럽잖아. 급작스
레 중단하자구. 그리고 부탁이니, 좀 더 사이좋게들 지내시
게.

쟈코모 내 재산과 내 이웃 재산을 걸고라도 내가 한 말을 증명하
고 싶군.

포스튜머스 어느 여인이 당신 공략 대상이실지?

쟈코모 당신 부인, 절개가 그리 난공불락이시라니 말씀이야. 내가 당신 반지에 1만 더컷을 걸 테니, 날 당신 부인이 있는 궁정에 소개해 주고, 더도 말고 딱 두 번만 그녀를 만나게 해 주시게. 그러면 그토록 수줍다고 당신이 상상하는 그녀의 그 명예란 것을 가져와 보일 테니까.

포스튜머스 똑 같은 액수의 금화로 내기를 받지. 반지는 내 손가락만큼이나 소중한 거야, 손가락의 일부라고.

쟈코모 애인이 맞기는 맞는 모양일세, 그녀를 잘 아는 걸 보니. 하긴 백만금을 주고 여인 살점 극히 작은 양을 산대도, 썩는 걸 어떻게 막겠나. 근데 뭔가 미신을 믿나 보군, 반지에 대해 겁먹은 걸 보니.

포스튜머스 당신 아무리 봐도 입만 살은 사람 같아. 속내는 좀 진지할란가, 모르겠군.

쟈코모 난 내가 무슨 말을 하는지 잘 알아, 뱉은 말은 실천하는 사람이라구, 맹세코.

포스튜머스 그런가? 내가 당신 돌아올 때까지만 다이아몬드를 맡겨 두기로 하지. 합의서를 쓰자구. 내 아내의 훌륭함은 당신 추잡한 생각의 엄청남을 능가하니까, 어디 한번 해보자구. 여기 내 반지 받으시오.

필라리오 난 내기에 관여하지 않겠소.

쟈코모 이렇든 저렇든, 내용은 같아. 내가 당신 애인 육체의 가장 소중한 부분을 즐겼다는 충분한 증거를 가져오지 못하면, 내 돈 1만 더컷은 당신 거야. 당신 다이아몬드도 마찬가지고. 내가 당신 애인의 명예를 당신이 믿고 있는 그 상태로 그냥 두고 돌아온다면, 그녀라는 보석, 여기 있는 보석, 그리고 내 금

화가 당신 것이지, 단 당신이 추천장을 써서 내가 좀 더 너그
러운 접대를 받게 해 준다는 조건으로.

포스튜머스 기꺼이 그 조건을 받아들이지. 자, 둘이서 문구를 작성
하자구. 이 점만 확실히 하면 돼. 당신이 내 아내 위로 상륙하
고 그녀를 찍어 눌렀다는 점을 내게 명백하게 이해시킨다면,
난 당신을 더 이상 원수로 생각하지 않겠어. 싸울 가치가 없
는 여자일 테니까. 그녀가 유혹을 이긴 상태이고, 당신이 다
른 증거를 보여 주지 않는다면, 내 아내를 비방하고 그녀의
순결을 공략하려 한 책임을 당신은 칼과 칼의 대결로 져야 할
거야.

쟈코모 악수하지, 약속이다. 이 내용을 정식 계약서로 작성하고,
곧장 브리튼을 향하는 걸로 하지, 거래가 독감으로 죽기 전
에. 내가 금화를 가져오고 양쪽 내기 금액을 기록하겠다.

포스튜머스 좋고. 〔쟈코모와 함께 퇴장〕

프랑스인 정말 할까요?

필라리오 쟈코모 군은 한다면 하는 사람이지. 두 사람을 따라갑시
다.

모두 퇴장. 식탁이 치워진다.

1막 5장
브리튼, 심벨린 궁전

왕비, 귀부인 시녀들, 그리고 의사 코닐리어스 등장

왕비 아직 이슬이 땅에 있을 때, 그 꽃들을 따거라.

　　　서둘러야 해. 누가 목록을 갖고 있지?

한 귀부인 시녀 접니다, 왕비님.

왕비 빨리들 따라니까. 〔귀부인 시녀들 퇴장〕

　　　자, 의사 선생, 그 약은 가져왔어요?

코닐리어스 예 마마, 가져왔습니다만. 받으소서, 왕비님.

　　　　　　　〔그녀에게 상자를 건넨다〕

　　　근데 청컨대 왕비님, 부디 노여워 마시고—

　　　제 양심이 묻나니 답해 주소서—연유가 무엇인지요, 왕비님께서

　　　독성이 아주 강한 이 혼합물을 만들라 하신,

　　　이것은 맥이 빠지며 죽게 만드는 약으로,

　　　효과가 느리지만, 치명적인데요.

왕비 놀랍군요, 의사 선생,

　　　내게 그런 질문을 하다니. 내가 오랫동안

　　　당신 제자 아니었던가요? 당신이 제게 가르치지 않았나요,

　　　향수 제조법, 증류법, 보존법을—그렇죠, 그래서

우리의 위대한 왕께서 이따금씩 제게 직접

약 조제를 부탁하시잖아요? 이 정도 되었으면,

당신이 날 악마로 보지 않는 한, 마땅하지 않겠어요,

내가 실력을 늘리기 위해

다른 실험들을 해보는 것이? 내가 당신 제조약

약효를 시험해 볼 대상은

목을 매달 가치도 없는 짐승들이지, 사람은 결코 아니고,

효력이 얼마나 강한지, 그리고

해독제는 없는지 보고, 그 실험을 통해 정리하려는 거죠,

약물 각각의 여러 가지 효능과 효과를.

코닐리어스 그런 실험을 하시면

마마의 마음이 매정해질 뿐이에요.

게다가, 이 효과를 직접 보시면

역겹고 전염성도 있는데요.

왕비 오, 그만 입 다물어요.

〔피사니오 등장〕

〔방백〕 저기 아양꾼이 오네. 저놈한테

우선 먹여 봐야겠군. 제 주인의 대리인이니,

내 아들한테는 원수지. 〔큰 소리로〕 잘 지내는가, 피사니오? —

의사 선생, 오늘은 이 정도 합시다.

가서 일 보세요.

코닐리어스 〔방백〕 낌새가 이상하군, 이 여자.

하지만 독약은 어림도 없지.

왕비 〔피사니오에게〕 이리 오너라, 할 말이 있다.

코닐리어스 〔방백〕 저 여자 안 좋아. 정말 수중에 넣었다고 생각하

겠지,

　서서히 죽이는 기묘한 독약을. 저 여자 어떤 여잔지 내가 잘 아는데,

　덥석 안겨 줄 수는 없지, 못된 짓 부추기는

　이런 저주받은 효능의 약을. 그녀가 지닌 약은

　잠시 동안 감각을 통째 마비시키는데,

　저 약을 우선, 아마도, 고양이나 개한테 시험해 본 다음,

　점차 대상 수위를 높일 심산이렷다. 하지만 전혀

　위험하지 않아, 죽은 것처럼 보이지만

　정신을 잠깐 잠가 두었다가,

　보다 더 싱싱하게, 활력 있게 해 주는 약이니까. 저 여잔 바보 되는 거지

　가짜 효과로, 그리고 난 더 진실해지는 거야

　저 여잘 속임으로써.

왕비 더 있을 필요 없다니까요. 의사 선생,

　다시 부르면 오세요.

코닐리어스 그럼 소인 물러갑니다. 〔퇴장〕

왕비 〔피사니오에게〕 그 애가 아직도 울고 있단 말이냐? 네 생각에는 시간이 지나면

　그 애가 냉정을 찾고, 충고를 받아들일 것 같지 않던,

　지금은 어리석음이 차지한 그 자리에? 네가 애써 다오.

　그 애가 내 아들을 사랑한다는 말을 내게 가져다주는

　바로 그 순간 너는

　네 주인만큼 높은 신분이 될 것이다―더 높지, 왜냐면

　네 주인의 운은 말을 잃었고, 명성 또한

마지막 숨을 헐떡거리고 있느니. 그는 돌아올 수도 없고,
있는 곳에 계속 머물 수도 없다. 주소를 옮겨 봐야
한 불행을 다른 불행과 바꿀 뿐이고,
다가오는 매일은 다가와 파괴하지,
그의 하루 동안의 노력을. 무엇을 기대할 수 있겠느냐,
기우는 것에 기대어,
새로 짓기는커녕 버팅겨 줄
친구조차 하나 없는 자에 기대어?

　　　　〔그녀가 상자를 떨어트린다. 그가 그것을 집어 든다.〕

그건 네가 갖거라.
넌 모를게다 그게 무언지. 하지만 수고했으니 가지렴.
내가 만든 약인데 폐하를
다섯 번이나 죽음에서 소생시켰단다. 내가 알기론 없지,
그 이상 원기회복에 좋은 것이. 아니, 넣어 두라니까.
내가 너에게 앞으로 해 줄
보상의 시작이니. 네 여주인께 일러드려
그녀가 처한 사정을. 네 생각인 것처럼 말씀을 드려.
네 팔자 바꿀 절호의 기회란다. 공주는 여전히
네 주인일 테고. 덧붙여, 내 아들도 그렇지,
그가 널 잘 봐줄 것이고. 내가 폐하한테 말씀을 드려
어떤 출세라도 시켜 주마, 네가
원하는 대로. 그런 다음 내 자신, 내가 주로,
보상받을 만한 일을 네게 시킨 처지이므로, 의당
후하게 공치사를 해야겠지. 시녀들을 부르거라.
내 말 잘 생각해. 〔피사니오 퇴장〕

꾀 많고 신실한 놈이니,

흔들리지 않을 거야, 자기 주인의 대리인이고,

공주한테 상기시킨단 말야,

그녀 주인과 손잡고 한 약속을. 내가 쥐어 준 것을

저놈이 마신다면, 공주를 따르는 무리 중

애인이 파견한 사신 한 놈이 아작 나는 셈이고, 그 후엔 공주가,

의향을 바꾸지 않는 한, 반드시

그 맛을 또한 보게 될 것이야.

〔피사니오와 귀부인 시녀들 등장〕

그래, 그래. 잘했다. 잘했어.

제비꽃, 취란화, 그리고 앵초들을

나의 밀실로 가져가거라. 안녕, 피사니오.

내 말 명심해야 한다. 피사니오.

피사니오 분부를 따라야 하고요.

〔왕비와 귀부인 시녀들 퇴장〕

하지만 훌륭하신 나의 주인을 배반하느니,

내 목을 졸라 죽는 게 낫겠네─내가 당신한테 해 줄 일은 그것뿐.

퇴장

1막 6장

심벨린 궁전

이너젠 등장

이너젠 아버님은 잔학하고 계모는 표리부동,
　　　　멍청한 사내가 기혼녀한테 청혼을 하는데,
　　　　그녀의 남편은 추방된 상태! 오, 그 남편,
　　　　내 슬픔의 최고 왕관, 그리고 이미 열거된
　　　　원통함의 설상가상! 나도 도둑맞은 신세라면,
　　　　내 두 오빠들처럼, 좋았을 것을. 정말 비참하구나,
　　　　영광을 열망하는 욕망. 축복받은 거야,
　　　　아무리 비천하더라도, 소망이 단순한 사람들은,
　　　　소망이 위안에 양념을 쳐 주거든.
　　　　　　〔피사니오와 쟈코모 등장〕
　　　　누구지? 귀찮아!
피사니오 공주님, 로마의 고결한 신사 한 분이
　　　　주인님 편지를 갖고 오셨습니다.
쟈코모 안색이 창백해지십니까?
　　　　우리 리오네이터스는 무사해요,
　　　　가장 소중한 공주님께 안부 전해 달라 하셨구요.

> 그가 그녀에게 편지를 준다.

이너젠 감사합니다, 친절하신 분.
　　따스한 환영의 말씀 드려요.

> 그녀가 편지를 읽는다.

쟈코모 〔방백〕 눈에 보이는 그녀의 외모는 정말 흠잡을 데가 없구
　　나!
　　내면도 그렇게 훌륭하게 갖추어져 있다면
　　그녀는 정말 단 한 명, 아라비아 불사조고, 나는
　　내기에 지는 거지. 담대함이여, 내 친구가 되어 다오.
　　머리부터 발끝까지 날 뻔뻔스러움으로 무장시켜 다오,
　　아니면 나는, 도망치며 등 뒤로 화살을 날리는 파르티아인
　　흉내를 낼 밖에.
　　아니 차라리, 그냥 달아날 밖에.
이너젠 〔소리 내어 읽는다〕 '그분은 가장 고결한 명사 중 한 분이고,
　　그의 은혜를 거의 한없이 입었습니다. 그에 걸맞게 보살펴 주
　　십시오, 당신이 절 대하듯
　　　　　　　　　　당신의 가장 진실한
　　　　　　　　　　리오네이터스.'
　〔쟈코모에게〕 여기까지는 제가 소리 내어 읽었습니다만,
　　제 가슴 한가운데를
　　나머지 내용이 따스하게 해 주네요. 정말 감사히 받았습니
　　다.
　　당신을 환영합니다, 훌륭하신 분, 이루

말할 수 없이, 그리고 할 수 있는 한

최선을 다해 모시겠습니다.

쟈코모 감사합니다, 아름다운 부인.

정말, 사내들은 미친 걸까요? 자연은 그들에게 눈을 주어

이 둥근 하늘과 수확 풍요로운

바다와 땅을 보게 해 주었건만, 위로 불타는 천체들과 해변의

셀 수 없는 모래알까지 구분하게 해 주었건만, 그런데도

그 소중한 시각을 갖추고서도 왜 가르지 못하는 걸까요,

아름다움과 추함을?

이너젠 뭐가 그리 놀라우신지?

쟈코모 시력 문제일 리는 없지―왜냐면 꼬리가 있건 없건 원숭이도

이런 두 가지 여인을 구분하고, 한 가지와는 수작을 걸고

다른 종자한테는 표정 찡그린 경멸을 퍼부을 테니 말야. 분

별력 문제도 아냐,

왜냐면 백치라도 이 경우 선호가

현명할 테니까. 식욕 문제도 아냐―

매춘부도, 이토록 우아한 미인과 대비되면,

욕망을 토하게 할 거야 배 속이 텅텅 비도록,

그래도 식욕은 생기지 않고.

이너젠 왜 그러세요, 정말?

쟈코모 물리도록 먹은 욕망,

물리지만, 만족할 수 없는 욕망, 그 물통,

채워지는 동시에 비위지는, 새끼양을 먼저 해치우고도,

음식 찌꺼기를 탐하는.

이너젠 무엇 때문에, 소중한 분,

이렇게 넋이 빠진 거예요, 괜찮으세요?

쟈코모 고맙습니다, 공주님, 괜찮아요. 〔피사니오에게〕 부탁이 하나
  있는데, 자네,
    내 하인을 두고 왔는데 좀 찾아봐 주게.
    낯선 데인데다 좀 성마른 사람이라.

피사니오 가던 중입니다, 나리,
    그 친구를 맞으러요. 〔퇴장〕

이너젠 제 남편은 잘 지내시나요?
    건강은, 어떠신지요?

쟈코모 좋아요, 공주님.

이너젠 즐겁게 지내시려는 편이죠? 그게 좋은데.

쟈코모 아주 유쾌해요. 그곳의 외국인 중 그 친구만큼
    유쾌하고 놀기 좋아하는 사람 없죠. 오죽하면 별명이
    흥청망청 브리튼인이겠어요.

이너젠 이곳에 계실 때는
    침울해지는 경향이 있었는데, 종종
    까닭도 모르고.

쟈코모 그 친구 침울한 거 전 한 번도 못 봤어요.
    프랑스인 하나가 그와 친하죠, 꽤
    신분이 높은 사람인데 그가, 눈치를 보니, 무척 사랑하는 것
  같더라구요.
    고향의 한 프랑스 처녀를. 용광로처럼
    한숨을 푹푹 내쉬는 게, 반면 그 유쾌한 브리튼인은—
    공주님 부군 말입니다—한껏 허파를 키우고 한바탕 웃어 대
  더니, 이러는 거예요 '오,

옆구리 터지겠네, 사내가, 뭐 좀 안다는 자가,

역사, 남들 얘기, 혹은 자신의 경험을 통해

여자가 무엇인지, 그래, 여자는 어쩔 수 없이

여자라는 걸 안다는 자가, 자유 시간을 한숨으로 허비한단

말인가,

확실한 속박이 그리워서?'

이너젠 제 남편이 그래요?

쟈코모 그럼요, 공주님, 웃느라 눈에 물기가 흥건해 갖고요.

레크리에이션이 따로 없죠 옆에 서서

그가 프랑스인 놀려 먹는 걸 듣고 있으면. 하지만 하늘이 알

겠죠

비난받아야 마땅한 사람들은 있기 마련이니까.

이너젠 아녜요. 제 남편은.

쟈코모 아니죠. 그렇지만 하늘이 내린 하사금을 부군께서는

보다 더 감사하는 마음으로 써야 할 텐데. 그 사람 혼자만

보더라도 상당하잖아요.

당신은, 그의 것으로 쳐야 하는데, 정말 다시 볼 수 없을 은

총을 입으셨고.

놀랄 밖에 없지만, 어쩔 수 없이

불쌍하다는 생각도 들어요.

이너젠 누가 불쌍해요, 손님?

쟈코모 두 사람이 진정 불쌍하죠.

이너젠 내가 그중 하난가요, 손님?

날 쳐다보시잖아요. 내 안에 어떤 몰락의 징후가

당신의 동정을 자아내는 거죠?

쟈코모 한탄스럽구나! 아니,

　　　　찬란한 태양을 피해, 위안을

　　　　토굴 속 촛불 심지 옆에서 찾는단 말인가?

이너젠 제발, 손님,

　　　　좀 더 터놓고 말씀해 주세요,

　　　　제가 묻는 말에. 왜 제가 불쌍하죠?

쟈코모 동정이야 다른 사람들도 하는 거고─

　　　　전 즐기시라는 말씀을 드리려는 거죠─하지만

　　　　신들이 복수할 일이지,

　　　　제가 말씀드릴 일은 아니고.

이너젠 정말 뭔가 아시는 것 같군요

　　　　저에 대해 뭔가를, 아니면 저에 관한 것을. 제발,

　　　　왜냐면 일이 잘못되지 않을까 전전긍긍하는 것이 종종 더

　　　　괴롭잖아요,

　　　　그럴 거라고 확신하는 것보다─확실성이라는 것이

　　　　돌이킬 수 없다는 뜻, 아니면 제때 알게 되어

　　　　사태 방지 방도를 찾는다는 뜻이거나 둘 중 하나니까요─알

　　　　려 주세요

　　　　당신을 채찍질로 모는 동시에 고삐로 세우는 그것을.

쟈코모 내게 이 뺨이 있어

　　　　나의 입술로 적실 수 있다면. 이 손의 감촉은,

　　　　감촉의 매 순간, 느끼는 자의 영혼에

　　　　충성의 서약 강제하리. 이 눈동자,

　　　　난폭하게 구르는 내 눈동자 사로잡아,

　　　　오직 이 자리에서만 불타게 하는. 만일 내가, 얼이 빠져,

누구나 오르는 로마 주피터 신전 계단처럼 흔한

입술을 침 흘려 탐한다면, 내가 마주 잡는 손이

매 시간 거짓과 음탕으로—노동자 손처럼—

굳은 살 배긴 손이라면, 혹시 내가 엿보는 여인의 눈동자가

그을은 빛, 냄새 고약한 짐승기름을 먹인

등잔불처럼 천하고 광채 없는 눈동자라면—마땅히

지옥의 온갖 돌림병이 한꺼번에

그 반역을 치리라.

이너젠 제 남편이, 혹시,

조국 브리튼을 잊으셨다는 건지.

쟈코모 자기 자신도 잊었죠. 내가

고자질하는 것 같아 싫지만

그가 워낙 형편없이 변해서요, 당신의 미덕이

완강한 나의 침묵의 내면에서 혓바닥으로

이런 얘기들을 자꾸 흘려 내는지라.

이너젠 그만하세요.

쟈코모 오 참으로 소중한 분, 당신 처지를 생각하면 내 가슴은

연민의 병을 앓지요. 한 여인이

그토록 아름답고, 제국을 물려받아

가장 위대한 왕을 두 배로 위대하게 할 수 있건만, 그 반열이

고작 몸 파는 창녀들과 같고, 화대까지

당신 금고에서 내주다니. 병든 매춘부들,

부패가 자연에 초래할 수 있는

온갖 질병과도 돈만 주면 놀아 주는 그들과, 매독이 너무 심
해

독을 독살할 지경인 매춘부들과 같은 반열이라! 복수를 하
셔야죠,
아니면 공주님을 낳은 분은 왕비님이 아니죠. 공주님은
위대한 혈통을 타락시키는 거구요.

이너젠 복수?
어떻게 복수를 하죠? 이것이 사실이라면—
내 마음은 두 귀로 들은 것을
선뜻 믿으려 들지 않지만—그게 사실이라면,
저는 어떻게 복수를 해야죠?

쟈코모 그자가 날
차가운 홑이불 속에 다이애나 사제들처럼 내팽개쳐 두고
자기는 온갖 창녀와 뒹굴어 대고 있소.
당신을 경멸하며, 당신 돈으로 말이오—복수를 해야지.
내 자신을 당신의 달콤한 기쁨에 바치리다.
당신의 침대를 배반한 그자보다 더 고결한 신분이고,
당신의 애정에 한결같이 응할 것이오,
진실한 만큼 은밀하게.

이너젠 여봐라, 피사니오!

쟈코모 나의 헌신을 당신의 입술로 받아 주시오.

이너젠 꺼져라, 내 귀가 나쁜 놈이다.
네놈 말을 그토록 오랫동안 담아 듣다니. 명예로운 자라면
네놈은 미덕을 위해 이 얘기를 한 게 아니고,
야비하고도 망측한 수작을 노린 게로다.
네놈이 중상모략 한 그 신사분은 네놈 말과
딴판이시다, 네놈이 명예와 딴판인 바로 그만큼, 그리고

네놈이 지금 날 어떻게 해보려는 모양이다만 난 널 혐오해

악마와 동급으로. 어디 있나, 피사니오!

아버지 폐하께 고할 것이야,

네놈의 행패를. 그분 생각이 의당

시건방진 외국인이 그분 궁정을

로마 유곽인 듯 휘젓고, 주절주절

짐승의 심사를 우리한테 해 대도 된다는 거라면, 그분 궁정은

그분한테 별 볼 일 없는 궁정이겠지, 자기 딸도

전혀 쓰잘데없는 딸일 테고. 뭐하는가, 피사니오!

쟈코모　오 행복한 리오네이터스! 내가 말하노니

자네 부인이 이렇듯 자네를 신뢰하니

자네의 신뢰 마땅하고, 자네가 완벽하게 착한 심성이니

그녀의 확신 마땅하구나. 만수무강하십시오.

부인의 남편은 가장 훌륭한 청년입니다. 그의 조국

역사상. 그리고 그의 부인인 당신은, 오로지

가장 훌륭한 사람한테만 어울리고요. 용서하십시오.

제가 그 얘기를 한 것은 부인의 믿음이

뿌리 깊은 건지 알기 위해서였고, 제가 부인 남편께

말할 겁니다. 남편임을 다시 느껴도 된다고요. 그리고 그는

행동거지가 가장 진실한 분이에요. 매력이 넘쳐

숱한 사람들이 그에게 몰려들지요,

온갖 사람들 마음의 반은 그의 것이라 하겠습니다.

이너젠　이제야 제대로 말씀하시는군요.

쟈코모　그가 사람들 사이 앉아 있으면 신이 하강한 것 같아요.

그가 지닌 명예 때문에

인간 이상의 존재로 보이는 거죠. 노여움을 푸소서,

참으로 강력하신 공주님, 제가 감히

거짓 이야기로 공주님을 떠보았으나, 그것은

공주님의 훌륭하신 판단력을 명예롭게 확인해 준 것이죠,

아주 드믄, 절대 실수할 리 없는 인물을

고르셨다는 확인 말입니다. 제가 그에게 품고 있는 사랑이

공주님을 이렇게 키질해 댔으나, 신들이 만들어 준 거죠,

공주님을, 다른 모든 사람들과 달리, 왕겨 하나 묻지 않은

상태로. 부디, 용서하소서.

이너젠 이제 다 괜찮습니다. 손님. 궁정에서 제가 하듯 편히 지내

십시오.

쟈코모 너무 과분한 배려 감사드립니다. 깜빡 잊을 뻔했네요,

공주님께 드릴 청이 있습니다. 사소한 부탁이지만,

중요하기도 해요. 이 일에는

부인 남편도 연관이 있으니까요. 저 자신 및 다른 귀족 친구

들이

사업 파트너인 셈이죠.

이너젠 무슨 일인데요?

쟈코모 우리 로마인 열 몇 명, 그리고 부인 남편—

전체를 날개로 치면 가장 훌륭한 깃털이죠—그렇게 돈을 모아

황제께 드릴 선물을 사기로 했는데,

제가, 나머지를 대신하여, 샀지요.

프랑스까지 가서. 도안이 희귀한 물건들, 그리고 보석들입

니다.

화려하고 정교한 모양의. 아주 값비싼 거라서,

제가 좀 걱정이 되네요. 낯선 곳이고 해서,

무사히 배에 실어야 할 텐데 말이죠. 괜찮으시다면

그걸 좀 맡아 주실 수 없으실지.

이너젠 기꺼이 그러죠,

제 명예를 담보로 안전 보장도 해 드리고요. 게다가

제 남편도 걸려 있다니까, 그것들을

제 침실에 보관하겠어요.

쟈코모 트렁크에 들어 있는데

제 하인들이 지키고 있어요. 귀찮으시겠지만

제가 그것들을 부인께 보내겠습니다. 오늘밤 하루만.

내일 배를 타야 하니까.

이너젠 오, 그러시면 어떡해요, 안 되죠!

쟈코모 타야 해요. 죄송하지만, 아니면 약속을 어기게 돼요,

귀환 날짜가 늦어져서. 프랑스에서

바다를 건너 이리 온 것은

공주님을 뵙겠다는 약속 때문이었지요.

이너젠 수고하신 거 감사드려요,

하지만 내일은 가지 마세요!

쟈코모 오, 가야 해요, 부인.

그러니 청컨대, 혹시

편지로 남편분께 인사 전하시려면, 오늘 밤 쓰세요.

이미 지체한 걸요, 늦으면 안 되죠

예물 진상인데.

이너젠 쓸게요.

트렁크를 제게 보내 주세요, 안전하게 보관했다가,

그대로 돌려드릴게요. 정말 반가웠어요.

두 사람 따로따로 퇴장

제2막

그들의 군기는,
옹기를 양쪽 날개로 달고, 보여 줄 것입니다,
시험해 보려 드는 자들에게 우리야말로
만방에 명성을 드높일 민족이라는 것을.

2막 1장
브리튼. 심벨린 궁전

클로텐과 두 대신 등장

클로텐 그렇게 운 좋은 놈 첨 봤지? 내가 마지막으로 던져 표적공
을 맞히는 건데, 그게 빗나가다니! 100파운드 내기였는데 말
야, 그러더니 웬 멍청한 호로새끼가 내게 욕을 퍼부으며 대
드는데, 흡사 내가 하는 욕은 그놈 걸 빌린 거니까, 내 멋대로
낭비해서는 안 된다는 듯 기세등등하더군.
첫 번째 대신 그래서 그자가 어떻게 됐죠? 왕자님이 볼링공으로
그놈 대갈통을 깨 버렸잖아요.
두 번째 대신 〔방백〕 그자 지능이 그것을 깬 자 수준이라면, 남은 게
하나도 없을 정도로 피박을 쓰긴 했지.
클로텐 신사께서 모처럼 욕을 하시는데 구경꾼 따위가 그 꼬리를
자르려 들면 안 되잖겠어, 안 그래?
두 번째 대신 안 되죠. 〔방백〕 —네놈이 구경꾼 귀를 잘라 내도 안
되지.
클로텐 후레 개자식! 결투를 하라고? 나하고 신분이 같아야 결투
를 청하지.
두 번째 대신 〔방백〕 그래야 두 놈 다 바보 냄새를 풍기겠고.
클로텐 난 정말 그게 무엇보다 더 화가 나. 빌어먹을, 차라리 이렇

게 높은 사람이 아니면 좋으련만. 왕비마마, 우리 엄마 때문에 감히 나와 싸우려는 놈이 없단 말이지. 천한 것들은 실컷, 배 터져라 결투를 하는 판에, 난 아무도 대적할 수 없는 쌈닭 꼴이니.

두 번째 대신 〔방백〕 닭벼슬 달린 놈이 허풍만 세니 좆 잘린 식용 닭이다, 이놈아.

클로텐 당신, 뭐라고?

두 번째 대신 사사건건 결투를 하시는 건 왕자님 신분에 적절치가 않다는 말씀입니다.

클로텐 않지, 그건 나도 알아. 하지만 나보다 못한 놈을 호되게 다루는 건 적절하잖아.

두 번째 대신 하죠, 그건 왕자님한테만 적절한 거죠.

클로텐 아무렴, 내 말이 그 말이야.

첫 번째 대신 오늘 밤 외국인 한 명이 궁정으로 왔다는 얘기 들으셨습니까?

클로텐 이방인이, 근데 난 그 사실을 모른다?

두 번째 대신 〔방백〕 네놈 자신이 별난 놈인데 것도 모르는 주제에.

첫 번째 대신 이탈리아인이랍니다. 그리고, 아마도, 리오네이터스 친구 중 한 명 아닐까 싶은데요.

클로텐 리오네이터스? 추방당한 악당 놈 말이군. 그렇다면 그자도 악당이야, 누구건 간에. 누가 이 이방인 얘기를 해 주던가?

첫 번째 대신 왕자님 시동 하나가요.

클로텐 그를 만나러 가는 게 적절할까? 위엄이 깎이는 거 아닌가?

두 번째 대신 깎일 수가 없지요, 왕자님.

클로텐 쉽게 깎일 리야, 없겠군.

두 번째 대신 〔방백〕 너는 천하가 다 아는 바보야, 그러니 네가 무슨

　　　짓을 하든, 원래 멍청하니까, 깎일 위엄이 어디 있겠나.

클로텐　갑시다, 이 이탈리아인을 보러. 오늘 볼링 내기에서 잃은

　　　걸 그자한테서 벌충해야겠어. 갑시다, 오시오.

두 번째 대신　왕자님을 따르겠습니다.

　　　　　　〔클로텐과 첫 번째 대신 퇴장〕

　　　그토록 간교한 악마 엄마한테서

　　　저런 멍텅구리가 나오다니―엄마는

　　　두뇌로 온갖 사람을 눌러 버리는데, 아들인 이놈은

　　　스물에서 둘을 빼지도 못해, 평생을 걸려도,

　　　열여덟이란 답이 안 나오는 놈이야. 아아, 불쌍한 공주,

　　　성스러운 우리 이너젠 님, 얼마나 고통이 심하신가요,

　　　아버님은 공주님 계모가 좌지우지하지,

　　　의붓어미는 매 시간 음모를 꾸미지, 구혼자라는 게

　　　혐오스럽기가 당신 남편

　　　추방의 악취보다, 자기가 시키고 말겠다는

　　　그 끔찍한 이혼보다 더한 판이니! 하늘이여 굳건하게 하소서

　　　공주님의 소중한 명예의 벽을, 흔들리지 않게 하소서

　　　그 신전, 공주님의 아름다운 마음을, 공주님이 꿋꿋이

　　　누리게 하소서, 그분의 추방된 남편과 이 위대한 나라를!

　　　　　퇴장

2막 2장
이너젠의 침실

트렁크 한 개와 벽걸이 융단. 침대가 무대로 나와 있고 이너젠이 그 위에 누워, 책을 읽고 있다. 이너젠한테로 귀부인 시녀 헬렌 등장

이너젠 거기 누구? 헬렌 부인이세요?

헬렌 네, 공주님.

이너젠 몇 시예요?

헬렌 거의 한밤중이에요, 공주님.

이너젠 책을 세 시간이나 읽었군. 눈이 자꾸 감겨.
　　　내가 보던 쪽을 접어 놔요. 가서 주무시죠.
　　　촛불 가져가지 말아요. 타게 놔둬,
　　　그리고 혹시 4시쯤 깰 수 있으면,
　　　저도 좀 깨워 주시고요. 잠이 쏟아지네.
　　　〔헬렌 퇴장〕
　　　신들의 가호에 저를 맡기나이다.
　　　사악한 요정들과 밤의 유혹자들로부터
　　　저를 지켜 주소서, 간청드리나이다.

　　　그녀가 잠든다.
　　　쟈코모가 트렁크에서 나온다.

쟈코모 귀뚜라미 울고, 과로한 인간의 감각이

회복되려면 휴식을 취해야 하는 법. 우리의 타르퀴니우스도 이렇게

골풀을 조심조심 밟으며 다가가 깨웠겠지,

상처 입힐 그 순결을. 바다 거품에서 태어난 아프로디테여,

정말 찬란하구나 그대가 침대에 누운 모습은! 싱그러운 백합,

홑이불보다 더 새하얗고! 만져 보고 싶다,

입 맞추고 싶어, 단 한 번만이라도! 비길 바 없는 루비 한 쌍,

저리 소중하게 서로 입 맞추는데! 그녀의 숨결이

이 방을 이토록 향그럽게 하겠지. 촛불 불꽃이

그녀를 향해 절하고, 눈꺼풀 밑을 기웃거리며,

그 안에 담긴 빛을 보려 하고, 그 빛을 덮은

유리창, 하얗고 가장자리 장식은 푸르러

하늘의 색깔 그대로다. 하지만 내 계획은―

방을 찬찬히 둘러보는 것. 적어 놔야지.

〔그가 서판에다 쓴다〕

이렇고 이런 그림들, 저기 창문이 있고, 그렇군

침대 장식은, 벽걸이 융단, 등장인물들,

오호, 그렇군 그래. 그런 줄거리고.

아, 하지만 그녀 몸에 난 선천적인 특징 몇 가지가

하찮은 가재도구 만 가지보다 더

풍성하게 믿음을 주겠지, 내가 꾸며 낸 얘기에.

오 잠, 죽음의 흉내여, 그녀를 무겁게 누르고,

감각은 예배당에 이렇게 누운

무덤 조각상처럼 되리니. 자아, 살살

고르디우스 매듭이 풀기 어려운 바로 그만큼이나 미끈하게.

〔그가 그녀 팔에서 팔찌를 빼낸다〕

이건 내 거야, 그리고 눈에 보이는 이 증거물이

내적인 고통만큼 강력하게,

　그녀 남편을 미치게 만들겠지. 왼쪽 가슴에

　검은 점 한, 아니 다섯 개다. 자줏빛 이슬방울들이

　취란화 안에 고인 것 같아. 이 증거물은 정말

　법이 찾아낸 어떤 증거보다 더 강력하다. 이 비밀이면

　그는 어쩔 수 없이 믿게 될 거야, 내가 자물쇠를 따고

　그녀 명예의 보물을 훔쳐 낸 게 틀림없다고. 이거면 됐어.

뭐 하러 더?

　왜 일일이 다 적어야 하나, 대갈못으로,

　나사로 단단히 내 기억 속에 죄여져 있는데? 늦게까지 책을

읽으셨군,

　그 끔찍한 테레우스 이야기. 책장을 덮은 곳은

　그가 처제 필로멜을 강간하는 대목. 충분해.

　다시 트렁크 속으로, 그리고 용수철을 닫는 거야.

　빠르게, 빠르게 날아라, 밤의 용들이여, 새벽이 오면

　까마귀 눈 드러나리라! 트렁크 속에서 난 두려움에 떨리라.

　설령 이 여인이 하늘의 천사라도, 여긴 지옥이야.

〔시계가 종을 친다〕

하나, 둘, 셋. 시간이 없다, 시간이!

　　트렁크 속으로 퇴장. 침대와 트렁크가 옮겨진다.

2막 3장
이너젠의 침실 근처 방

클로텐과 두 대신 등장

첫 번째 대신 주사위 내기한 사람치고 왕자님처럼 많이 잃고도 의
    젓한 사람은 없을 거예요. 점수가 그리 형편없이 나왔는데 전
    혀 열을 받지 않으시던 걸요.
클로텐 내기에 지면 누구나 멋쩍어지는 거니까.
첫 번째 대신 하지만 누구나 왕자님의 고결한 기질을 갖고도 의젓
    할 수 있는 건 아니죠. 이겼을 때는 왕자님이 그야말로 불타
    오르고 길길이 뛰시잖아요.
클로텐 이기면야 누구나 용기백배 아닌가. 이 멍청이 이너젠만
    차지할 수 있다면 그야말로 돈보따린데 말야. 거의 새벽이지,
    아닌가?
첫 번째 대신 날이 밝았습니다, 왕자님.
클로텐 악사가 와야 하는데. 누가 아침 음악을 그녀한테 들려주
    면 좋을 거라 하더라구. 통할 거라 이거지.
        〔악사들 등장〕
    어서, 음악을 울려라. 네놈들 손가락질로 그녀를 통할 수 있
    다면, 해봐. 난 혓바닥으로도 해볼 테니까. 둘 다 해도 안 되

면, 그녀 탓이고. 하지만 난 결코 포기 못해. 우선, 아주 탁월하고 기발한 걸로. 그다음은, 경탄할 정도로 풍부한 가사의 놀랄 정도로 달콤한 노래를. 그다음은 그녀가 알아서 하라 그러구.

　　음악

악사들 〔노래한다〕 들으라, 들으라, 종다리 하늘 대문에서 노래해,
　　　포이보스도 일어나려 해,
　　　그의 말들 물 마시려 해 잔처럼 생긴
　　　　꽃 속에 고인 샘물을,
　　눈 감은 금잔화 꽃봉오리도 뜨려고 해, 그 황금빛 눈을,
　　어여쁜 온갖 것들 깨어나니, 상냥한 내 여인, 일어나요,
　　　일어나요, 일어나!
클로텐 됐네, 가 보게. 이것이 통하면 너희들 음악을 더 좋게 쳐주겠다. 안 통하면, 그녀 귀가 워낙 엉망이라 말총도 송아지 창자도 불알 깐 내시 목소리도 소용없구나 치면 되겠고.

　　악사들 퇴장
　　심벨린과 왕비 등장

두 번째 대신 왕께서 오십니다.
클로텐 늦게까지 안 자길 잘했군, 이렇게 일찍 일어났다고 둘러댈 수 있으니. 내가 이리 공을 들이는 것을 왕께서는 분명 아버지 정으로 흡족하게 여기시겠지. 안녕히 주무셨습니까, 폐하, 그리고 자애로운 어머니.
심벨린 완고한 내 딸 문 앞에서 대기하고 있는가?

그 애는 안 나오겠대?

클로텐 음악으로 공략을 해보았습니다만, 기척이 없네요.

심벨린 자기 애인 추방된 게 바로 얼마 전이야.

그 앤 아직 그자를 잊을 수가 없을 게다. 시간이 좀 더 지나면
인쇄된 그의 기억이 닳아 없어지겠지.

그때는 그녀가 네 차지일 게고.

왕비 [클로텐에게] 폐하께 정말 감사드려야 한다,

기회만 있으면

너를 공주한테 권하시니까. 채비를 갖추어

반듯하게 청하거라. 그리고 살피는 거야

적당한 때를. 거절할수록

정성을 더하고, 겉보기에 마치

그런 영감이라도 받은 듯 해야 할 도리를

공주에게 다하란 말이다. 온통 그녀 말에 복종하는 척해야
해,

가라고 할 때 말고는,

그리고 그럴 때는 네가 귀머거리인 거야.

클로텐 귀머거리요? 난 귀머거리 아니지.

전령 등장

전령 [심벨린에게] 방해가 안 되신다면, 폐하, 로마에서 사신이 왔
습니다.

카이우스 루치우스라고 하는데요.

심벨린 훌륭한 친구지,

이번에는 언짢은 일로 왔겠지만.

하지만 그이 탓은 아니로다. 짐은 그를
파견자의 명예에 맞게 맞을 것이다.
그리고 그에게, 그가 예전에 짐에게 호의를 베풀었으나,
우리 뜻을 전해야겠다. 소중한 나의 아들아,
네 연인한테 아침 인사를 하고 난 후,
왕비와 짐을 보좌하거라. 네가 맡아 줘야겠다
이 로마인 접대를. 갑시다, 나의 왕비.

클로텐만 남고 모두 퇴장

클로텐 깨어났으면, 그녀한테 말을 걸어야지. 아니면,
조용히 자빠져 꿈을 꾸든 말든 내 알 바 없고.
〔그가 문을 두드린다〕
이보십시다, 호!―
시녀들이 공주 주변을 싸고돌지, 한번
그중 한 년 손에 황금을 쥐어 줘 봐? 황금이
출입증을 사는 법―자주 그렇지―맞아, 그리고 마음을 흐려
다이애나의 숲지기조차 배반을 때리고, 몰아가게 하는 거야
사슴들을 밀렵꾼이 있는 곳으로. 그리고 황금이
진실한 사람을 살해당하게 만들고 도적을 구해 준다,
아니, 어떤 때는 도적과 진실한 사람 둘 다 목을 매달지. 뭐가
있지, 황금이 할 수 없거나, 원상태로 돌릴 수 없는 게? 그
래야겠군
공주 시녀 한 년을 내 변호사로 삼는 거야, 왜냐면
난 아직도 스스로 무슨 말을 해야 먹혀드는 건지 먹는 건지
모르겠거든.―

이보시자니까요.

문을 두드린다. 귀부인 시녀 한 명 등장

귀부인 시녀 누구신데 문을 두드리시나요?

클로텐 신사다.

귀부인 시녀 그게 다예요?

클로텐 그래, 숙녀의 아들이기도 하고.

귀부인 시녀 좀 낫지만

〔방백〕 아무리 비싼 옷을 처입었어도

네놈이 숙녀 아들이라니 가당찮은 허풍이지. 〔그에게〕 무슨

일이십니까?

클로텐 아씨를 좀 뵈어야겠다. 일어나셨나?

귀부인 시녀 예.

〔방백〕 나오시지는 않겠지만.

클로텐 이 금화를 받아라.

날 좋게 말해 주는 값이다.

귀부인 시녀 아니, 절 매수하신다고요?─아니면 말씀을 해 달라는

건가요.

뭐가 좋다고 생각하는지?

〔이너젠 등장〕

공주님 나오시네요. 〔퇴장〕

클로텐 잘 잤소, 예쁜이. 동생, 손 좀 잡아 보세.

이너젠 안녕하세요, 나리. 너무 애쓰시네요

그래봐야 골치만 썩힐 텐데. 제가 고맙다는 것은

고마운 마음이 별로 없어 죄송하다는 뜻이고,

별로 고마워 할 마음도 없다는 뜻이에요.

클로텐 그래도 난 맹세코 널 사랑해.

이너젠 말로만 하는 맹세, 나도 얼마든지 하죠.

나리께서 아무리 맹세를 해도. 나리가 들으실 답은

전 그 맹세 대수롭지 않게 여긴다는 거예요.

클로텐 그건 답이 아니지.

이너젠 잠자코 있으면 그냥 따르는 걸로 치부할까 봐 그러는 거
지.

말도 하고 싶지 않아요. 제발, 나 좀 내버려 둬. 정말,

아무리 나리께서 친절하게 굴어도

난 바로 그만큼 나리를 막 대할 거니까. 그걸 아셔야 해,

나리는 배워야 한다는 거, 가르쳐 줄 때, 참는 법을.

클로텐 널 이런 미치광이 상태로 그냥 둔다면, 난 죄를 짓는 거지.

그럴 수는 없어.

이너젠 바보가 광인을 고칠 수는 없죠.

클로텐 내가 바보라고?

이너젠 내가 미쳤다니, 당신은 바보죠.

당신이 삼간다면, 난 더 이상 미치지 않고,

그럼 우리 둘 다 멀쩡해지는 거지. 대단히 죄송해요, 나리,

나리께서 저로 하여금 숙녀 예절을 잊게 만드네요.

하도 말이 많아서. 그러니 명심하시고 다시는 재론 말아요.

나는, 내 마음 내가 아는 내가 선포합니다.

바로 그 마음의 진실로. 난 당신을 좋아하지 않아,

그리고 자비심이 동이 나서

당신을 증오할 판이야, 당신이 그걸 감잡아 주면

내가 떠벌이지 않아도 될 텐데.

클로텐 넌 죄를 짓는 거야

아버님 말씀 거스르는 불효죄를. 네가 그

혼인을 했다고 주장하지만 상대는 비천한 놈,

잔뼈는 적선으로 굵었고 크기는 식은 음식으로 컸지,

궁정에서 먹다 버린, 그게 무슨 계약이냐, 어림없지.

신분이 낮은 자들끼리는—

하지만 그놈보다 낮은 신분이 있을까?—맺어지는 게 허용

될지 모르지.

지들 멋대로 짝을 짓고

아새끼 낳고 동냥질을 같이 하든 말든,

그렇지만 넌 그렇게 제멋대로 굴 수 없어 왜냐면

왕관의 행방이 걸려 있거든. 그러니 더럽혀서는 안 되지,

진귀한 왕관의 명성을 비천한 노예한테,

하인 복장, 종자 옷에나 어울리는 비열한 놈한테,

식당 머슴이나 할 놈—그 정도도 과하겠군.

이너젠 말 함부로 하지 말아요,

설령 당신이 주피터 아들이라도, 여전히

됨됨이가 지금 그 꼬라지라면, 너무 비천해서

우리 남편의 마부 노릇 하기도 힘들어. 사람들이 출세했다

할걸,

거의 질투가 날 정도겠지, 당신이

그 꼬락서니로 어찌어찌하여

그분 왕국의 망나니 조수 정도만 되더라도, 그리고 미움받

겠지

그건 너무도 과분한 총애니까.

클로텐 남풍 습한 안개에 썩어 문드러질 그놈!

이너젠 그분이 더 이상 겪을 불행 중 가장 큰 것은

당신이 그분 이름을 입에 올리는 일이야. 그분의 가장 초라한 의상도

그분을 감싸 보았으니 더 소중해

나한테는 당신 머리에 난 머리털보다,

이 모든 것들이 당신 같은 꼬라지를 만들어 냈으니. 어디 있나, 피사니오!

피사니오 등장

클로텐 그분 의상? 이런 빌어먹을─

이너젠 〔피사니오에게〕 도로시, 그 부인을 찾아, 지금 당장.

클로텐 그분 의상?

이너젠 바보한테 시달리더니,

내가 얼이 빠지고, 화도 치솟네. 그 부인한테 말해서

팔찌 좀 찾아보라 그래, 그게 어쩌다

빠져나갔는지 도무지 모르겠네. 네 주인께서 주신 건데. 내가 왜 이러나 몰라

유럽의 어떤 왕국을 준대도

내놓지 않을 팔찌를 말야! 아마

아침에도 본 것 같은데. 분명

어젯밤에는 내 팔에 찼고, 입까지 맞추었는데.

내 주인한테 가서 일러바치면 안 되지,

내가 그이 말고 딴 데도 입 맞추었다는 걸.

피사니오 어디 있겠지요.

이너젠 그래야 할 텐데. 가서 찾아봐요.

　　　　피사니오 퇴장

클로텐 넌 날 모욕했어.

　　　'그분의 가장 초라한 의상'?

이너젠 그럼요. 내 말이 그 말이에요. 나리.

　　　소송을 거시면, 날 증인으로 부르시지요.

클로텐 네 아버지한테 이를 테다.

이너젠 어머니한테도 이르셔야지.

　　　그분은 제게 착한 마마시니, 설마,

　　　절 최악으로 보시지는 않겠지요. 그러니 당신 혼자 여기서,

　　　최악의 불만을 토로하시든지 말든지. 〔퇴장〕

클로텐 가만두지 않겠어.

　　　'그분의 가장 초라한 의상'? 어디 보자구!

　　　　퇴장

2막 4장

로마, 필라리오 집

포스튜머스와 필라리오 등장

포스튜머스 걱정 마시오, 선생. 내가 폐하 마음을
　　돌리는 일에 대해서도 그녀가 그녀 명예를 지킨다는 것만큼이나
　　호언장담할 수 없는 게 유감이니까.
필라리오 중재할 길은 있소?
포스튜머스 전혀 없죠, 때가 바뀌기를 기다릴 밖에,
　　지금의 겨울 상태로 와들와들 떨면서, 그냥
　　더 따스한 날들이 오길 바랄 밖에. 요즈음처럼 희망이 가물가물해서야
　　선생의 사랑을 어찌 갚을지 막막해요, 그것조차 안 되면,
　　내가 엄청 빚을 지고 죽을 신세고.
필라리오 훌륭한 선생이 이렇게 저와 함께 있어 주는 것만으로도
　　내가 해 줄 수 있는 전부보다 더한 보답이오. 지금쯤이면,
　　선생의 왕께서
　　위대한 아우구스투스의 말씀을 전달받으셨겠군, 카이우스
　　루치우스가 갔으니
　　맡은 일을 빈틈없이 처리했을 거구. 그리고 내 생각엔

왕께서 조공을 승낙하고, 연체분도 보내실 거요,
우리 로마인과 맞상대는 안 하시겠지, 슬픔의 기억이
아직 생생할 테니.

포스튜머스 아무래도,
제가 비록 정치가는 아니고, 그렇게 되고 싶은 마음도 없습
니다만,
이번 일은 전쟁을 부를 것 같아요. 선생이 들으실 소식은
지금 갈리아에 주둔하고 있는 군대가
겁 없는 우리 브리튼에 상륙했다는 내용이
조공 단 1페니 바쳤다는 내용보다 더 먼저일 겁니다. 우리
백성들은
훈련이 더 잘 되어 있습니다. 줄리어스 케사르가
솜씨는 비웃었으나 그 용맹성에
눈살을 찌푸릴 밖에 없었던 그때보다. 그들의 군기는,
용기를 양쪽 날개로 달고, 보여 줄 것입니다,
시험해 보려 드는 자들에게 우리야말로
만방에 명성을 드높일 민족이라는 것을.

　　　쟈코모 등장

필라리오 저기, 쟈코모가 오네.
포스튜머스 〔쟈코모에게〕 가장 빠른 사슴이 육로를 달려 주고,
지구 온갖 구석의 바람이 당신 돛에 입을 맞추어
배를 밀어 준 모양이군.
필라리오 〔쟈코모에게〕 어서 오게, 자네.
포스튜머스 〔쟈코모에게〕 답변이 얼마나 간단했으면

당신이 이렇게 빨리 돌아왔을까.

쟈코모 당신 부인은

　　　내가 본 최고의 미인 중 하나였소—

포스튜머스 그리고 게다가 가장 훌륭한 여자야, 아니면 그녀 아름
　　　다움은

　　　　여닫이 창밖을 내다보며 거짓된 마음들을 꼬드기는 것일
　　　뿐,

　　　　그리고 그것들과 어울려 거짓을 행하는 것일 뿐.

쟈코모 이 편지를 당신한테 전해 달라더군.

포스튜머스 좋은 내용일 테지, 분명.

쟈코모 그런 것 같던데.

　　　　　　포스튜머스가 편지를 읽는다.

필라리오 카이우스 루치우스가 브리튼 궁정으로 왔던가,

　　　　자네가 머물 때?

쟈코모 온다는 얘기는 들었는데,

　　　　직접 만나지는 못했어.

포스튜머스 아직 별일 없군.

　　　　근데 이 반지 광채가 여전하던가, 아니면

　　　　너무 변변찮아서, 당신 눈높이에 안 맞은 건가?

쟈코모 내가 그 반지를 잃었다면

　　　　그만한 가치의 금화도 잃었을 터.

　　　　난 다시 한 번 그 먼데로 갈까 해,

　　　　브리튼에서 내가 누렸던 그, 짧아서 더 달콤했던 밤을

　　　　한 번 더 맞아야겠단 말씀, 반지는 내 것이란 말씀.

포스튜머스 그 보석은 워낙 빡빡해서 끼기 힘들었을 텐데.

쟈코모 천만에,

　　　당신 부인이 아주 쉽더만.

포스튜머스 안 되지, 당신,

　　　내기에 진 걸 농담으로 얼버무리면. 알고 있을 텐데, 우리가

　　　계속 친구 할 수는 없다는 걸.

쟈코모 착한 선생, 친구 해야겠소이다,

　　　계약을 지키시려면. 내가 만일 집에 계신 선생 부인의

　　　성적 특징을 못 알아 오면 우리 싸움을

　　　더 해보기로 한 것은 맞지만, 지금 난

　　　승자임을 선언하고, 그녀의 명예와 함께

　　　당신이 주었다는 팔찌도 가져왔으니, 내가 모욕한 것이 아

　　니지

　　　그녀한테든 당신한테든, 이 일을 치르게 된 것은

　　　당신 두 사람 모두의 뜻이었으니.

포스튜머스 당신이 확실한 증거를 대며

　　　그녀를 침대에서 맛보았다는 걸 보여 준다면, 내 손

　　　그리고 나의 반지는 당신 것이야. 아니면, 당신이 더러운 말로

　　　내 아내의 순결한 명예를 비방했으니 이기든 지든 둘 중 하

　　나지.

　　　당신 칼이든 내 칼이든, 아니면 두 자루 모두 주인 없이 놓

　　여 있다가

　　　발견한 사람 수중에 들어가거나.

쟈코모 선생, 내 자세한 정황 증거를 들으면,

　　　내 말이 너무나도 사실 그대로라서,

당신도 믿게 만들 거요. 그 위력을 내가

맹세로써 더할 수도 있겠으나, 그것까지 요구하지는

않을 거라 믿어 의심치 않소. 얘기를 다 들으면

그럴 필요가 없다는 걸 알게 될 테니.

포스튜머스 말해 보라.

쟈코모 우선, 그녀의 침실은 —

고백컨대 거기서 잠을 자진 않았으나, 단언컨대

밤새 뜬 눈으로 살펴볼 만한 가치가 있었소—벽에 걸린

융단은 비단과 은으로 짠 거였지. 소재는

오만한 클레오파트라가 그녀의 로마인 연인을 만나는 장면

이고,

시드누스 강이 둑 위로 차올랐소. 이유는

배들이 눌러선지 자부심이 넘쳐선지 둘 중 하나. 작품이

너무도 훌륭하고, 재료가 너무도 비싼 것이라,

솜씨와 가치가 서로 우위를 다툴 지경이었소. 어쩌면 그렇게

희귀한 재료를 그토록 정교하게 구사하는지,

정말 실제 장면 같았지.

포스튜머스 그 얘긴 맞아.

그거야 당신이 여기서, 나한테

혹은 다른 사람한테 들을 수도 있고 말야.

쟈코모 보다 자세히 말하면

내 말이 분명 확인될걸요.

포스튜머스 그래야지,

아니면 당신 명예는 작살날 테니까.

쟈코모 벽난로가

침실 남향이고, 벽난로 장식은

순결한 다이애나가 목욕하는 장면. 그렇게 인물이

살아 생동하는 건 처음 보았지, 조각가가

제2의 자연인 듯했지. 말도 없이, 자연을 능가하는 거야,

동작과 숨결도 없었는데도.

포스튜머스 그것 또한

남 하는 애기 주위듣고도 알 수 있는 사항이지,

그건, 사실, 많이들 애기하는 작품이거든.

쟈코모 침실 천정에는

황금으로 아기 천사들이 새겨져 있고. 난로 속 장작 받침대는—

내가 깜빡했군—눈을 감은 큐피드 상 두 개였어

은으로 만든, 각각 한 발로 서서, 근사하게

각자의 횃불에 기댄 자세더군.

포스튜머스 이것이 그녀의 명예라고!

당신이 이 모든 걸 다 보았다고 치지—그리고 칭찬해 줄 수 있어

기억력 좋은 것은—하지만 주절주절

내 아내 방에 뭐가 있는지 읊어 봐야 그 어느 것도

당신 판돈을 되찾아 주진 못해.

쟈코모 그렇다면, 이래도

괜찮으실 수 있겠는가, 이 보석 바람 좀 쏘이겠네. 보시라구!

〔그가 팔찌를 보여 준다〕

이건 다시 집어넣고. 이 팔찌는 짝을 이뤄야 맞지,

거기 당신 반지와. 내가 둘 다 갖겠소.

포스튜머스 이럴 수가!

그걸 한 번 더 그걸 보여 주시오. 그것이

내가 그녀한테 주고 온 거란 말이오?

쟈코모 선생, 난 그녀가 고맙소, 그게.

그걸 팔에서 벗어 주더라고. 아직도 눈에 선해요.

그 어여쁜 몸짓은 선물보다 더 가치가 있는 것이었지만,

그것으로 선물이 더 귀해지기도 했지. 그녀가 그걸 내게 주

었어.

한때는 소중한 것이었다는 말과 함께.

포스튜머스 혹시 그녀가 팔찌를 빼어

내게 전하라 한 것이라면.

쟈코모 편지에 그렇게 쓰여 있겠죠, 있습디까?

포스튜머스 오, 없어, 없다구, 없어요—사실이구나! 여기, 이것도

가져가시오.

〔그가 쟈코모에게 자기 반지를 준다〕

이제 이건 내게 바실리스크나 다름없소.

시선만으로도 날 죽이는. 오 그렇구나 명예는

아름다움과, 진실은 단순한 외양과, 사랑은

또 다른 사내와 상극이로다. 여인의 맹세는

어디서 누구와 맺어지든 구속되지 않아,

미덕에 구속되지 않으니까, 그들의 미덕은 꽝이니까!

오, 이렇게 터무니없는 부정을!

필라리오 진정하세요, 선생,

그리고 반지를 다시 받으시오, 아직은 진 게 아니오.

부인께서 그걸 잃어버린 것이거나. 아니면

누가 알겠소 부인의 시녀 한 명이, 뇌물을 받고.

그걸 훔쳐 낸 것인지?

포스튜머스 바로 그거야.

그런 수가 있었어. 내 반지 도로 내놓으라.

〔그가 반지를 돌려받는다〕

그녀 몸의 특징을 말해 보라.

그게 이 반지보다 더 결정적이겠지. 이건 훔친 걸 테니.

쟈코모 주피터께 맹세코, 그녀 팔에서 얻은 것이요.

포스튜머스 보세요. 그가 맹세를 해요. 주피터를 걸고 맹세한다고

요.

사실이 맞아, 아냐, 반지를 가지시오. 사실이라구. 분명

그녀가 그걸 잃어버렸을 리는 없지. 그녀 시녀들은

모두 맹세를 한 명예로운 처자들이고. 그들이 꼬임에 넘어

가 그것을 훔쳐?

더군다나 외국인 꼬임에? 아니지, 그가 그녀를 즐긴 거야.

그녀의 부정하다는 증거가

바로 이것이지. 그녀는 이렇게 비싼 값을 치르고 창녀의 이

름을 산 거야.

〔그가 쟈코모에게 자기 반지를 준다〕

자, 당신은 수고비를 받으시고, 지옥의 온갖 원수들은

편 갈라 두 년놈을 덮쳐 버려라!

필라리오 선생, 진정하시오.

이것만으로는 충분치 않아요,

그 좋은 분을 의심하기에는.

포스튜머스 더 이상 얘기 마세요.

　　저자가 그녀를 올라탄 게 맞아요.

쟈코모 혹시 선생께서

　　만족할 만한 증거를 더 원한다면, 그녀 가슴 아래―

　　만져 보니 참으로 만질 만하더이다―점이 하나 있어요. 정

말 자랑스러운 듯했어,

　　너무나 섬세한 자신의 거처가. 내 목숨 걸고 말하지만,

　　그것에 내가 입을 맞추었지, 그랬더니 그 즉시

　　또 하고 싶더라구, 입맞춤으로 배가 부르면서도. 선생도 기

억하지요

　　그녀 몸에 난 점을?

포스튜머스 알지, 그리고 그것이 정말 확인해 주는군

　　지옥이 품을 만큼 커다란 얼룩,

　　오로지 그것만으로도 지옥을 이루는 얼룩을.

쟈코모 더 말씀드리리까?

포스튜머스 그래봤자, 산수지, 몇 번 했는지 헤아릴 것 없소.

　　단 한 번이, 백만 번과 같으니!

쟈코모 맹세를 하겠소.

포스튜머스 맹세도 필요 없소,

　　당신이 그 짓을 안 했다고 맹세한다면, 그건 거짓말일 테고,

　　난 당신 죽여 버릴 거야 만일

　　내가 오쟁이 지게 한 것을 당신이 부인한다면.

쟈코모 난 아무것도 부인 안 하겠소.

포스튜머스 오 그년을 이리 데려와 사지를 찢어 버렸으면!

　　그리로 가서 궁정에서 해보일 테다, 보란 듯이

그녀 아버지 앞에서. 정말 이대로는 안 있겠어. 〔퇴장〕

필라리오 완전히 잃었어

자제력을! 자네가 이겼네.

우리 따라가서 말려 주세, 지금의 분노,

자기 자신을 겨냥한 분노를.

쟈코모 기꺼이.

모두 퇴장

2막 5장

장면 계속

포스튜머스 등장

포스튜머스 사내가 존재하려면 다른 길은 없는가, 꼭 여자와
　　　동업을 해야 한다? 우리는 모두 사생아야,
　　　그리고 가장 존경스러운 분을 내가
　　　아버지라 부르지만 그가 어디 있었는지 나는 모른다,
　　　내가 주조될 때에. 어떤 가짜가 자기 물건으로
　　　나라는 가짜 동전을 만들었겠지. 하지만 내 어머니는 겉보기에
　　　당대의 다이애나였어. 그렇게 내 아내도
　　　비길 바 없이 순결해 보였고. 오 복수, 복수를 하겠어!
　　　내 합법적인 기쁨을 그녀는 자제시키고,
　　　툭하면 참으라고 간청했어, 그것도
　　　아주 발그레하고 달콤하여
　　　늙은 사투르누스의 몸조차 덥힐 수줍음으로. 그래서 난 생각했지 그녀는
　　　녹지 않은 눈보다 더 순결하다고. 오 모두 지랄이다!
　　　이 누르께한 쟈코모가 1시간 안에—그러지 않았을까?—

아니면 더 빠르게—만나자마자? 아마 말도 안 했을 거야,
그냥
　도토리로 배를 채운 수퇘지처럼, 독일 농투성이 풍으로,
　'오!' 하는 고함과 함께 올라탔겠지. 아무 저항도 안 받았고,
　그가 은밀한 곳을 어영부영 더듬고 그녀가
　그곳을 멈칫멈칫 한 것 말고는. 내가 찾아낼 수 있을까
　내 안의 여성 역할을—왜냐면 어떤 충동이든
　사내 안에서 사악으로 기운다면 단언컨대
　그것은 내 안의 여성 역할이거든. 내가 거짓말을 한다면, 잘
생각해 봐,
　여성 역이지. 아양 떠는 것, 여성 역. 속이는 것, 여성 역.
　음탕하고 냄새 고약한 생각, 여성 역, 여성 역이지. 복수, 여
성 역.
　야망, 탐욕, 갖은 형태의 방종, 경멸,
　음욕, 중상, 변덕,
　사람이 명명할 수 있는, 아니 지옥이 알고 있는 온갖 허물
은,
　물론, 여자 것이야 일부든 전부든, 하지만 대체로 전부—
　왜냐면 심지어 악덕에 대해서조차
　그들은 항심이 없고. 마냥 바꿔치기만 하거든
　1분밖에 안 된 악덕을 그것의 반도
　채 안 된 악덕으로 말이지. 여자들에 맞서 글을 쓸 테다,
　그들을 경멸하고, 저주하는 거야. 하지만 더 영리한 것은
　진정한 증오로 기도해 주는 거야, 그들이 그들 욕망대로 할
수 있기를.

악마 그 자체도 그들을 그들보다 더 잘 괴롭힐 수는 없을 테
니까.

　　퇴장

제3막

이걸 갖고, 찌르는 거예요
내 사랑의 죄 없는 집, 나의 심장을.
망설일 것 없어요, 슬픔 말고는 텅 빈 집이니.
당신 주인은 그곳에 없어, 예전엔 정말
이 집의 보물이었지만.

3막 1장
브리튼, 심벨린 궁전

화려한 취주. 성장 차림의 심벨린, 왕비, 클로텐, 그리고 대신들이
한쪽 문에서, 다른 쪽 문에서는 카이우스 루치우스와 시종들이 등
장

심벨린 말해 보시오, 아우구스투스 케사르께서 우리에게 뭘 원하
    시는 거요?
루치우스 줄리우스 케사르께서—그분에 대한 기억은 여전히
    사람들 눈에 생생하고, 혀와 귀에는
    영원히 말하고 듣는 주제가 될 것이겠지요—이곳 브리튼으
로 와서
    정복을 하셨을 때, 캐시벨런, 폐하의 삼촌께서는,
    그분에 대한 케사르의 그 유명한 칭송은
    그분 무용에 조금도 모자라지 않는 내용이었던 바, 케사르와
    그 후계자들을 위하여 로마에 조공을 허락하셨죠,
    매년 3천 파운드씩, 그런데 폐하께서 근래
    지불을 미루고 계신다기에.
왕비 뭐, 그 정도 일로,
    앞으로도 내내 조공은 없을 것이오.
클로텐 케사르야 숱하겠지만

그런 줄리어스가 다시 나긴 쉽지 않지. 브리튼은 하나의 세계로

따로 떨어져 있는데, 우리가 왜 돈을 내나

우리가 우리 코 달고 다니는데.

왕비 유리한 고지를

그땐 그들이 차지하여 조공을 받아 갔지만, 이제는 되찾은 상태죠

우리가 다시. 기억하세요, 폐하, 저의 군주님,

폐하의 조상이신 왕들을, 더불어

폐하 섬의 자연 요새를, 왜냐면 그 입지는

넵튠의 공원인 듯, 그 울타리가

기어오를 수 없는 둑과 포효하는 바다며,

모래톱은 적군의 함선을 참아 주지 않고

돛대 꼭대기까지 빨아들일 거예요. 정복이기는 했죠

케사르가 이곳에서 한 일이, 하지만 여기서는 못했어요. 그 특유의 호언장담

'왔노라 보았노라 이겼노라'를. 치욕스럽게―

그가 맛본 최초의 치욕이었죠―그는 퇴치되었어요

우리 해변에서, 두 번이나 패해서 말예요. 그리고 그의 군함들은,

불쌍하고 하찮은 어릿광대 지팡이들 신세로, 무시무시한 우리 나라 바다 위에서

계란 껍질처럼 파도에 밀리며, 부서졌어요,

그리 연약하게, 우리 나라 바위에 부딪쳐서. 그것을 보고 기쁨에 들뜬 나머지

그 유명한 캐시벨런께서는, 원래 만반의 채비를 갖추고—

　오 운명의 여신은 창녀로다!—케사르의 칼을 제압할 참이

었으나,

　러드, 군주도시 런던에 환희의 불을 환히 밝히고,

　브리튼 백성이 의기양양 활보하게 하는 쪽으로 마음을 돌리

셨구요.

클로텐　보소, 더 이상 조공은 없다. 우리 왕국은 그 당시보다 강

해. 그리고, 내가 말한 대로, 그런 케사르는 더 이상 없다구.

매부리코 케사르야 있을 수 있지만, 그렇게 팔 힘이 직방인

케사르는, 있을 수 없어.

심벨린　아들아, 네 어머니 말씀을 마저 듣자구나.

클로텐　우리는 손아귀 힘이 캐시벨런만큼 센 사람들이 아직 많다

구. 내가 그중 하나라고는 않겠어, 하지만 나도 손은 있어. 왜

조공을? 왜 우리가 조공을 갖다 바쳐야 하지? 케사르가 담요

로 태양을 우리한테서 가릴 수 있다면, 혹은 달을 지 주머니

속으로 끌어당길 수 있다면, 햇빛 달빛 대가로 조공을 지불하

겠어. 아니면, 귀하, 더 이상 조공은 없다, 명심하시라.

심벨린　〔루치우스에게〕이 점을 알아주시면 하오,

　모욕을 일삼는 로마인들이 부당하게

　이 조공을 강제하기 전에는 우리가 자유를 누렸소. 케사르

의 야망이,

　너무도 넘쳐 올라 하마터면 거의

　전 세계를 덮칠 뻔하였던 바, 이 나라에다 전혀 부당하게

　멍에를 씌운 것이니, 그것을 떨치고자 함은

　용맹한 민족으로서 마땅한 일이고, 짐은 우리가

그런 민족이라 생각하오. 당시 우리는 케사르에게 분명히 말했소,

　　우리 조상은 멀머티어스

　　나라 법을 제정하신 분이라고. 그러나 케사르의 칼이 그 효력을

　　아예 난도질을 해 놓았으니, 그것의 원상복구와 자유로운 시행은

　　우리 권력의 정당한 행위라고 보오.

　　로마는 그것 때문에 분노하겠으나. 멀머티어스께서 우리 국법을 만드셨소,

　　그리고 그분은 첫 브리튼인이오,

　　자신의 이마에 황금의 관을 씌우고 스스로

　　왕을 칭하신.

루치우스　유감이지만, 심벨린,

　　저는 아우구스투스 케사르를—

　　케사르, 자기 신하로 거느린 왕들의 숫자가

　　귀하의 국내 신하보다 더 많은 그 황제를—귀하의 적으로 선포합니다.

　　이제 저의 말을 전합니다. 전쟁과 파멸을

　　케사르의 이름으로 내가 당신한테 선포합니다. 각오하시오,

　　저항 불가의 노도가 덮칠 것을. 이것으로 선전포고는 마쳤고,

　　개인적으로는 폐하께 감사드립니다.

심벨린　그대를 환영하오, 카이우스.

　　그대의 케사르가 내게 작위를 주었지, 내 청년 시절

대부분을 그분 모시며 보냈고. 그분한테서 내가 명예를 얻었고,

　　그것을 다시 내게서 가져가려 하시니 어쩔 수 없이

　　나는 죽을 때까지 지켜야 하고. 난 잘 알고 있소

　　판노니아와 달마치아 사람들이

　　자유를 위해 무기를 든 상태라는 것을, 그걸 보고도

　　가만히 있는다면 브리튼은 용기 없는 민족으로 보이겠지.

　　그렇게 본다면 케사르는 큰코다칠 게요.

루치우스　결과가 말해 주겠지요.

클로텐　폐하께서 그대를 환영한다 하셨지. 우리와 하루 이틀 혹은 며칠 더 놀다 가시게. 그 후 다른 맥락으로 우릴 찾는다면, 소금바다가 우리 허리띠라는 걸 알게 될 것이다. 그대가 우리를 그 바깥으로 쳐낸다면, 그건 당신 거야. 모험에 실패하면, 우리 나라 까마귀들이 당신 덕에 호시절 만나는 거지. 그걸로 끝이고 말야.

루치우스　그렇소, 선생.

심벨린　그대 주인의 의향을 내 잘 알았소, 그분도 내 의향을 아실 테고.

　　이제 남은 말은 '환영하오'뿐이구려.

　　　　　화려한 취주. 모두 퇴장

3막 2장
심벨린 궁전

피사니오, 편지를 읽으며 등장

피사니오 뭐라? 간통? 왜 안 써 보냈지

　　어떤 괴물놈이 마님한테 그딴 중상모략을 해 댔는지? 리오
네이터스,

　　오 주인님, 무슨 이상한 전염병한테

　　귀를 빼앗기셨길래! 어떤 사기꾼 이탈리아 놈이,

　　손 못지않게 혓바닥에도 독이 들어 갖고, 뭐라 꼬드겼길래

　　기다렸다는 듯 속아 넘어가신 거예요? 신의를 어겼다? 천
만에.

　　마님은 신의를 지킨 죄로 벌을 받고, 견디신다구요,

　　아내답게보다 더 여신답게, 어떤 때는

　　미덕조차 거꾸러뜨리는 그 비난들을. 오 주인님,

　　당신 마음씨는 마님에 비하면 지금 비천해요 예전의

　　당신 처지만큼이나. 뭐라? 제가 마님을 살해해야만,

　　주인님에 대한 저의 사랑과 진실과 맹세를

　　지키는 것이라고요? 제가 마님을? 마님의 피를?

　　그게 일 잘하는 것이라면, 결코

절 일 잘하는 사람으로 보지 마세요. 내가 어쨌길래,

이렇게 피도 눈물도 없는 사람처럼 보여서,

이 따위 짓을 시키는 거지? 〔읽는다〕'시행하라. 편지 한 통을

내가 그녀한테 보냈는데, 그녀 자신의 명을 따르다 보면

기회가 올 것이니.' 오 저주받은 쪽지로다,

그 위에 쓰여진 잉크만큼이나 검은! 감각도 없는 하찮은 것,

이 짓의 공범인 주제에, 겉모습은

어찌 그리 처녀 같을 수 있단 말이냐?

　　　　〔이너젠 등장〕

이런 마님이시다.

하명 받은 건 아는 체 말아야지.

이너젠　무슨 일이에요, 피사니오?

피사니오　마님, 제 주인님한테서 온 편지입니다.

이너젠　누구, 피사니오 주인이고 내 주인이신, 리오네이터스?

오 정말 학식 높은 점성술사라야

내가 그이 필체를 아는 만큼 별을 알고 있을 거야─

앞날을 내다볼 수 있을 정도겠지. 마음씨 착한 여러 신들이시여,

이 안에 든 것 사랑의 맛,

내 낭군 건강하신 맛, 만족의 맛이게 하소서─하지만 안 되지,

우리 둘이 떨어져 있는 건. 그건 그이를 슬프게 해야지.

어떤 슬픔은 약이 되는데, 이것도 그중 하나야,

사랑의 자양분이니─그이 만족의 맛,

이것만 빼고는 모든 행복의. 착한 봉랍, 내가 널 뜯을게. 축

84 심벨린

복받으라

　너희 꿀벌들, 은밀한 내용의 자물쇠를 만들어 주었으니! 연인들과

　위험 감수 계약자들은 기도 내용이 다르지.

　계약 위반자들을 넌 감옥에 처넣지만,

　젊은 큐피드의 서판은 네가 꼬옥 보듬어 남이 못 보게 해 주니까. 좋은 소식이기를, 신들이시여!

　　〔그녀가 편지를 뜯어 읽는다〕

　'법과 당신 아버님의 진노가, 혹시 그분 영토에서 내가 체포된다면, 아무리 가혹하단들 당신, 오 가장 소중한 사람, 당신의 두 눈을 보자마자 난 소생할 것이오. 잘 들으시오 난 지금 웨일즈, 밀포드 항구에 와 있소. 어떻게 할지는 당신 자신의 사랑이 권하는 것을, 따르시오. 그렇게 당신의 만복을 빌며, 자신의 맹세에 계속 충실하며, 당신의 사랑 갈수록 늘기를 빌며,

　　　　　　　리오네이터스 포스튜머스가.'

　오 날개 달린 말이 있었으면! 들었어, 피사니오?

　그이가 밀포드 항구에 와 계시대. 읽어 봐, 그리고 말해 줘 거기까지 얼마나 되는지. 사소한 일로

　일주일 터벅터벅 걸어야 할 거리라면, 난 갈 수 있지 않겠어,

　미끄러지듯 하루만에? 그렇다면, 충실한 피사니오,

　당신도 나처럼 당신 주인 보고 싶어 하니까, 보고 싶겠지—

　오 말은 바른 대로—나만큼은 아니지만—하지만 보고는 싶지 덜 간절할 뿐—오, 나처럼은 아니야,

내 마음은 너머 너머거든. 말해 봐, 빠른 속도로 말야—
사랑의 상담역은 듣는 귓구멍을 얘기로 가득 채워,
아예 청각을 마비시켜 버려야 하는 거라구—얼마나 가야
축복받은 밀포드 바로 그곳에 닿을 수 있는지. 그리고 가면서
말해 줘, 어떻게 웨일즈가 얼마나 행복한 땅이길래
그런 항구를 물려받게 되었는지. 하지만 무엇보다,
어떻게 이곳을 빠져나갈까. 그리고 빠져나가는 때부터
돌아오는 시간까지 그 빈틈을
무슨 핑계로 때울까. 하지만 우선, 어떻게 빠져나가지,
빠져나가지도 못한 처지에 핑계 걱정을 미리 할 필요가 뭐
있담?
그건 나중에 궁리하면 돼. 제발 말해 줘,
우리가 말 타고 달릴 수 있는 거리가 20마일의 몇 배나 되
지.
한 시간당?
피사니오 일출에서 일몰까지 20마일이죠,
마님. 그 정도면 마님한테 충분해요. 너무 과하기도 하고요.
이너젠 무슨, 사형당하러 가는 사람이라도, 이봐요.
그렇게 느릴 수는 결코 없을 거네요. 경마꾼들 얘길 들어 보니
말들 날래기가 모래시계
모래 떨어지는 것 이상이라던데. 하지만 허튼소리 할 때가
아니지.
가서 시녀한테 꾀병을 부리라 해. 그렇게
부모님 집으로 가라고. 그리고 곧장 내게 갖다 달라고 해,
승마복 한 벌을 더도 말고 딱

땅 가진 농부 아내한테 딱 어울릴 걸로 말야.

피사니오　마님, 좀 더 생각해 보시는 게.

이너젠　이봐요, 난 내 바로 앞 갈 길만 보이는걸. 이쪽도, 저쪽도,
　　그리고
　　　길 너머에서 벌어질 일도, 모두 안개 밭이라
　　　나는 꿰뚫어볼 수가 없어. 어서, 부디,
　　　내 말대로 해요. 더 이상 할 얘기가 없어,
　　　갈 수 있는 것은 오직 밀포드 길뿐.

　　　　모두 퇴장

3막 3장
웨일즈, 벨라리어스 동굴

숲 속의 한 동굴에서 벨라리어스, 그리고 그 뒤를 따라 귀더리어
스와 아비레이거스 등장

벨라리어스 화창한 날씨라 집에 틀어박혀 있기가 뭐하구나, 더군
다나
　우리 집처럼 지붕이 낮아서야. 상체를 굽혀라, 애들아. 이
문이
　너희에게 가르쳐 주는구나, 하늘 공경하는 법을, 그리고 절
하게 하지
　아침 기도에. 군주들의 대문은 아치가 워낙 높아서 거인들
이 거드럭거리고
　그 불경스런 터번도 안 벗으니 그건 안 한다는 얘기지
　태양한테 아침 인사도. 잘 오시었소, 그대 아름다운 하늘!
　우리가 바위 속에 살지만, 그대를 푸대접하지는 않소,
　더 으리으리하게 사는 사람들과 달리.
귀더리어스 잘 오시었습니다, 하늘님!
아비레이거스 잘 오시었습니다, 하늘님!
벨라리어스 이제 우리 사냥을 해야지. 등성이를 올라가라,
　너희 다리는 젊어. 난 이 평원으로 가마. 되새겨 보거라,

위에 있는 너희한테 내가 까마귀처럼 작게 보이는 것은,

위치에 따라 크기가 변하기 때문이라는 것을,

그러고 나서 너희는 잘 생각해 보아라 내가 해 준 이야기를,

궁정에 대해, 군주들에 대해, 전쟁 술책에 대하여.

공헌은 공헌이 이루어졌기에 공헌이 아니라

공헌으로 인정받았기에 공헌이라는 것. 이런 식으로 파악을 하면

우리는 눈에 비치는 모든 것에서 얻는 바가 있고,

이따금씩 위안도 받게 된다. 이를테면

똥을 뒤집어쓰고 사는 딱정벌레가 안전하기로는

날개 활짝 편 독수리보다 더 낫다는 걸 알게 될 때. 오, 이렇게 사는 것이

기껏해야 꾸중이나 듣는 하인의 삶보다 더 고결하고,

쓸데없이 하릴없는 것보다 더 풍부하고,

외상으로 맞춘 비단옷을 입고 살랑대는 것보다 더 자랑스럽다.

이런 부류한테 근사한 옷을 지어 준 재단사가 모자 벗어 예를 표하지만,

외상값은 외상값이거든. 우리와 비교하면 사는 거라고 할 수도 없어.

귀더리어스 겪어 보셨으니 그런 말씀 하시는 거겠죠. 우리 둘은,

아직 깃털이 다 나지 않은, 불쌍한 처지라,

둥지의 시야 바깥으로 날아 본 적이 없고, 알지도 못해요

바깥 공기가 어떤지. 아마도 이런 인생이 최고겠지요,

조용한 삶이 최고라면. 아버지한테는 더 달콤하겠죠

더한 신산을 겪으셨으니. 잘 어울리기도 하죠,
몸이 뻣뻣해진 아버지 나이에, 하지만 우리한테는 그게
무지의 독방. 꿈꾸는 동안만 여행하기,
채무자용 감옥이죠. 채무자는 잡힐까 봐 감히
성역을 못 떠나는 심정이고.

아비레이거스 〔벨라리어스에게〕 우리 둘은 무슨 말을 해야 할까요,
아버지처럼 늙어지게 되면? 우리가 듣게 될 것이
어두컴컴한 12월을 갈겨 대는 비바람 소린데, 무슨 수로,
추위가 살갗을 꼬집어 뜯는 이 동굴에서, 우리가 얘기를 나
누며
온몸 얼어붙는 시간을 보내겠어요? 우린 본 게 하나도 없어
요.
짐승이나 다름없죠. 교활한 거야 먹이를 노리는 여우와 같
고,
호전적이란들 먹을 걸 놓고 싸우는 늑대와 같지요.
용기라지만 실은 달아나는 걸 쫓을 뿐이고. 보금자리를
성가대석으로 만든단들, 새장에 갇힌 새도 그렇죠,
자유롭게 노래한단들 노래 주제가 자신의 예속인 것도 그렇
고요.

벨라리어스 무슨 그런 황당한 소리를!
너희가 도시의 고리대금 행태만 알았어도,
그걸 피부로 느껴 보기만 했어도. 궁정이라는 데는,
떠나기도 어렵고 머물기도 어려운 판에, 꼭대기로 올라가면
추락할 것이 뻔하지, 아니면 너무 미끄러워
추락의 두려움이 추락만큼이나 못 견딜 노릇이지. 전쟁이라

는 고역은,

  명성과 명예를 명분으로 삼지만 오로지 기를 쓰고

  위험을 찾아다니는 것으로 밖에는 안 보이지, 게다가 찾는 도중

  명분은 죽고 중상모략 묘비명이

  말짱한 사실만큼이나 즐비하기 십상이지, 아니 숱한 경우

  잘해 봐야 욕만 먹어. 더 지랄 같은 것은,

  비난하는 자한테 굽신거려야 한다는 사실. 오, 애들아, 이 사실의

  표본이 바로 나라는 것을 세상은 알리라. 내 몸의 상처투성이는

  로마인 칼에 찔린 자국이고, 내 명성은 한때

  최고이자 첫째였다. 심벨린이 날 사랑했고,

  군인 얘기가 나오면 내 이름이

  자자했지. 그때 나는 한 그루 나무 같았다,

  열매가 많이 열려 가지 휘어진. 그러나 어느 날 밤,

  폭풍 혹은 도적이, 아무러나 상관없지만,

  뒤흔들어 떨어트렸다, 무르익은 내 열매들을, 아니, 잎사귀까지,

  그렇게 헐벗은 내 몸이 추위에 덜덜 떨게 되었고.

귀더리어스 총애란 불확실해!

벨라리어스 내 잘못은 전혀 없었으나, 너희한테 여러 번 말했지만,

  악당 두 놈이, 자기들의 거짓 맹세로

  나의 완벽한 명예를 압도하면서, 심벨린한테 증언을 한 거

야,

내가 로마인들과 한패라고 말야. 그렇게

내가 추방되었고, 그 후 20년 동안

이 바위동굴과 이 지역이 나의 세계였고,

여기서 난 정직한 자유를 누렸고, 갚았느니라

하늘에 진 빚도, 내 인생 초기보다

더 경건한 마음으로. 하지만 산을 올라가!

사냥꾼이 쓸데없는 얘기를 했군. 제일 먼저

사슴을 잡는 사람이 오늘 잔치의 주인이고,

그에게 나머지 두 사람이 시중을 드는 걸로 하겠어.

그리고 독을 걱정 안 해도 된다. 보다 큰 나라에서는

독살이 늘 있는 일이지만. 계곡에서 너희를 기다리마.

〔귀더리어스와 아비레이거스 퇴장〕

자연의 기미를 숨기기란 정말 힘들구나!

이 두 아이는 자신들이 왕의 아들이라는 걸 전혀 몰라.

심벨린도 그들이 살아 있다고는 꿈에도 생각 못할 것이고.

이 애들은 내가 자기들 아버지인 줄 알아. 그리고 아주 비천

하게 컸다구

허리를 굽혀야 하는 동굴에서 말이지, 그런데도 생각은 가

닿는다

궁정 지붕에, 그리고 자연이 일러주지

단순하고 천한 일에서도 왕자처럼 행동하여

보통을 넘어서는 법을. 이 폴리도어는,

심벨린과 브리튼의 상속자로, 그에게

그의 부왕이 지어 준 이름은 귀더리어스였는데―아아,

내가 세 발 의자에 앉아 나의

그 옛날 무훈을 들려줄 때면, 그의 영혼은 날아드는 거야,

내 이야기 속으로. '이렇게 나의 적이 쓰러졌고,

이렇게 내가 발로 그의 목을 짓눌렀다'는 대목에서, 곧바로

왕자다운 피가 두 뺨에 흐르고, 그가 땀을 흘리고,

젊은 근육을 팽팽히 당기고, 자세를 취하여

내 말을 행동하는 식이지. 동생, 캐드월,

원래 아비레이거스였던 그 아이는, 못지않게 적절한 역할로,

내 말에 생기를 불어넣고는, 훨씬 더 많은

자신의 상상력을 보태고 말이야.

　　　〔사냥 뿔나발 소리〕

어허, 사냥감 몰이가 시작되었군!

오 심벨린, 하늘과 나의 양심이 아노니,

당신은 부당하게 나를 추방했고, 그래서

세살바기와 두살바기 두 아기를 내가 훔친 것이오.

당신의 대를 끊으려는 생각에, 왜냐면

당신은 내 땅을 박탈해 갔으니까. 유리필레,

그대는 두 아이 유모였지. 아이들이 그대를 당신의 어머니로 알고,

매일 매일 성묘를 하오.

나, 벨라리어스, 옛 이름 모건을,

그들은 아버지로 알고 있소.

　　　〔사냥 뿔나발 소리〕

몰이가 시작되었어.

퇴장

3막 4장

웨일즈, 밀포드 항구 근처

피사니오, 그리고 승마복 차림의 이너젠 등장

이너젠 말에서 내릴 때는 장소가

그리 멀지 않다고 하더니. 우리 어머니도 이토록

조바심 내며 나와 첫 대면을 고대하시진 않으셨을걸. 피사

니오. 이봐요,

포스튜머스는 어디 있는 거예요? 무슨 생각을 하길래

날 그렇게 뚫어져라 쳐다보는 거죠? 왜 한숨을 쉬는 거죠,

그리도 깊게? 흡사

어찌할 바도 모르겠고

스스로 그 이유도 모르겠다는 것 같아. 정말

무섭게 굴지 마, 이러다가는 광기가

나의 그나마 맨정신을 부숴 버릴 것 같아. 왜 그러는데?

〔피사니오가 그녀에게 편지 한 통을 건넨다〕

무슨 편지길래 건네는 표정이

그리 험악해? 여름 소식이면,

미리 웃어 줘. 겨울 소식이면, 그냥 그

표정 그대로 있으면 되고. 내 남편이 쓴 건가?

이탈리아가 독살로 악명이 높다더니 내 주인께서 뒤통수를 맞고,

어떤 곤경에 처하신 건 아닌지. 이봐요. 말을 해보라니까. 말로 먼저 들으면

어느 정도 공포가 덜할지도 모르잖아, 글로 읽으면

혹시 내게 치명적일 내용도.

피사니오 읽어 보세요,

그러면 아시게 됩니다, 저야말로, 불쌍한 하인. 이놈을

운명의 여신이 가장 경멸한다는 것을.

이너젠 〔읽는다〕 '자네 아씨는, 피사니오, 창녀 짓을 했어, 내 침대에서, 그 일에 대한 증언들이 내 안에서 피를 철철 흘리고 있어. 내 말의 근거는 막연한 추측이 아니라 강력하고 확실한 증거야, 나의 슬픔만큼 강력하고 내가 행할 복수만큼 확실하지. 그 역할을 자네, 피사니오가, 날 위해 해 주어야겠네, 그녀의 배신이 자네 신의마저 물들인 게 아니라면. 자네 자신의 손으로 그녀 목숨을 빼앗아 버리게. 밀포드 항구에서 자네한테 기회를 주겠어. 그 목적으로 내가 그녀한테 편지를 보냈어, 그러니 그곳에서 자네가 확실한 일처리를 못하고 머뭇댄다면, 자네는 그녀 치욕의 뚜쟁이고 똑같이 나를 배반한 것이야.'

피사니오 〔방백〕 내가 칼을 뽑아들 필요가 있을까? 편지가

이미 아씨의 목을 그어 버렸는걸. 아냐, 중상모략이 저지른 짓이다.

그것의 날은 칼보다 예리하고, 그것의 혓바닥은

나일 강의 온갖 독충에서 짜낸 것보다 더 독하고, 그 입김은

가속도의 바람 타고 거짓말을 퍼뜨린다

세계 방방곡곡에. 왕과 왕비들, 그리고 고관들,

처녀와 부인들한테, 아니, 무덤 속 비밀의 존재들한테까지

이 독사 같은 중상모략은 스며든다. 〔이너젠에게〕 괜찮으세
요, 마님?

이너젠 내가 그이 침대에서 부정을? 부정하다는 게 뭐지?

뜬눈으로 거기 누워 그이를 생각하는 거?

하염없이 눈물짓는 거? 어쩔 수 없이 쏟아지는 잠을 자다
가,

그이가 끔찍한 일을 겪는 악몽으로

스스로 울다 깨어나는 거? 그게 침대에서 저지른 부정인가,
그래?

피사니오 아아, 착하신 마님.

이너젠 내가 부정을? 그대의 양심은 알리라, 쟈코모,

그자가 정말 그이의 변심을 비난하였었구나.

그땐 그자 얼굴이 악당처럼 보였었는데, 지금은, 내 생각에,

그자 외모가 썩 훌륭했던 것을. 어떤 이탈리아 창녀가,

화장을 지우면 시체나 다름없는 그년이, 그이를 바람나게
한 거야.

불쌍한 나는 철 지난, 유행에 뒤진 옷가지 신세,

그리고 벽에 걸려 있기에는 옷감이 아까우니,

잡아 찢어 딴 데 소용될 신세. 나를 갈기발기 찢어 다오! 오,

사내들의 서약은 여자를 배신하려는 것. 온갖 훌륭한 외모
는,

그이가 한 짓, 오 남편 때문에, 간주되리,

못된 짓을 하기 위한 착용이라고. 자라서 그리된 것이 아니라,

숙녀를 꼬드길 미끼로 입은 의상이지.

피사니오 착하신 마님, 제 말 들어 보세요.

이너젠 진실하고 정직한 사람들 말도 배신자 에네아스처럼 들리니

그 시절 참말로 대접받지 못했고, 배반자 시논의 눈물은

참으로 숱한 거룩한 눈물을 추문으로 만들고, 동정을 떼어 놓았지,

참으로 불쌍한 사람들로부터. 그렇게 당신은, 포스튜머스,

곰팡이를 피울 참이죠, 신실한 사내 모두의 명성에.

훌륭하고 멋있는 것이 새빨간 거짓말쟁이로

매도되죠, 당신 잘못 때문에. 〔피사니오에게〕 어서, 이봐요, 정직하게,

당신 주인의 명을 따라야지. 그이를 만나게 되면,

조금은 증언해 줘요, 나의 충절을. 자,

칼은 내가 뽑았어요. 이걸 갖고, 찌르는 거예요

내 사랑의 죄 없는 집, 나의 심장을.

망설일 것 없어요, 슬픔 말고는 텅 빈 집이니.

당신 주인은 그곳에 없어, 예전엔 정말

이 집의 보물이었지만. 그의 명을 따라야지. 찌르라구.

더 좋은 일에는 용감하던데,

지금은 겁쟁이 같군요.

피사니오 치우세요, 사악한 도구를,

제 손에 무슨 저주를 내리시려고!

이너젠 아니, 난 죽어야 해,

   그리고 당신 손에 내가 죽지 않으면 당신은

   당신 주인의 하인이 아닌 거죠. 스스로를 도륙 내는 일을

   하나님이 엄금하시는 터라

   내 여린 손은 비겁해졌어요. 어서, 여기 내 심장을 찔러요.

   뭐가 가로막고 있네. 가만, 가만히, 방어는 금물이야.

   칼집이 칼을 받아들이듯. 이게 뭐지?

            〔그녀가 가슴에서 편지를 꺼낸다〕

   충성스런 리오네이터스의 성스러운 말씀,

   이게 다 이단이라구? 꺼져라, 꺼져,

   내 신앙을 썩게 만드는 것, 너는 더 이상

   내 마음에 가슴 덮개 장식 옷 될 수 없으니. 이런 식으로 불
쌍한 바보들이

   가짜 선생들을 믿는 거겠지. 배반당한 쪽이

   그 반역에 예리한 아픔을 느낀다지만, 반역자의

   처지는 더 나쁜 비탄에 빠진 상태인 법. 그리고 당신은, 포
스튜머스,

   나를 부추겨 불충을 폐하한테,

   내 아버님한테 저지르게 했고, 당신 때문에 내가 경멸하게
된 그 구혼자들은

   나처럼 왕족 신분이었으니, 훗날 알게 될 거예요,

   그것은 통상적인 선택이 아니라,

   희귀한 성품의 결과였다는 것을. 그리고 전 슬프네요

   그 생각을 하니, 당신이 지금 포식 중인

   그녀가 식상해졌을 때, 당신 기억이 얼마나

내 생각으로 아플까, 그 생각을 하니 말이에요. 〔피사니오에
게〕 자, 어서 해치우세요.

어린 양이 백정한테 애원합니다. 칼 어딨지?

주인의 명을 수행하는 데 너무 게으르네요.

나 또한 그걸 원하고 있건만.

피사니오 오 은혜로우신 마님,

이 짓을 하라는 명을 받고 나서

저는 한잠도 잘 수가 없었어요.

이너젠 빨리 하고, 그런 다음 침대로 가면 되겠네.

피사니오 뜬눈이 빠진단들 제가 그 짓을 하겠습니까.

이너젠 그렇다면 왜

그 일을 떠맡았어? 뭐 하러 성가시게 한 거야

그 먼 길을. 허울 좋은 구실로?—이 장소도,

나의 외출도, 그리고 당신 자신도 그렇잖아? 말이 달려온
것도,

당신을 기다린 시간은 또 어떻구? 발칵 뒤집힌 궁정,

내가 없어졌다고 난릴 테지만, 난 그리로 결코

돌아갈 생각이 없는 그 궁정은? 왜 이렇게 멀리 와서는

활을 내리지, 사냥 자세는 잡았고,

사냥감 사슴이 바로 눈앞에 있는데?

피사니오 그래야만 시간을 벌어

그 못된 임무를 피해 볼 수 있으니까요. 그리고 그 사이

제게 방안이 하나 떠올랐습니다. 착하신 마님,

제 말을 참고 들어 주세요.

이너젠 혀가 지쳐 늘어질 때까지 얘기해 봐. 말하라구.

내가 창녀 소리까지 들었으니, 그리고 내 고막이

　그 바람에 거짓으로 두들겨 맞았는데, 그보다 더 큰 상처가

또 있을까,

　그보다 더 깊은 상처도 없겠고. 말해 봐.

피사니오　그때는, 마님,

　다시 돌아가지 않으시리라 생각했습니다.

이너젠　그랬겠지,

　이리로 데려와서 죽일 생각이었으니.

피사니오　아니구요, 그것도.

　하지만 제가 정직한 만큼이나 현명하다면,

　제 방안이 괜찮을 거예요. 분명

　주인님은 속으신 거예요. 어떤 악당이,

　맞아요. 잔대가리깨나 쓰는 놈이, 두 분 모두를

　가증스럽게 해코지한 겁니다.

이너젠　로마의 고급 창녀 짓이겠지.

피사니오　그건 아녜요, 제 목숨을 걸고.

　제가 마님이 돌아가셨다는 말씀만 전하죠, 그분께

　뭔가 피비린 그 증표도 보내 드리면서, 명이 그러니

　제가 어쩔 수 없는 거 아닙니까. 궁정에 나타나지 마세요,

　그래야 확실히 죽은 게 되니까요.

이너젠　아니 그렇담, 이봐요,

　그동안 난 뭘 하지, 어디서 묵고, 어떻게 살지,

　아니 무슨 낙으로 살지, 내가

　남편한테는 죽은 셈인데?

피사니오　궁정으로 돌아가시면—

이너젠 궁정은 싫어, 아버지도 싫고, 더 이상 왈가왈부
　　　　그 난폭하고, 야비하고, 거만하고, 단순한 일자무식,
　　　　클로텐 놈 상대하는 것도 지겨워, 그자의 구애가 나는
　　　　적들의 포위공격보다 더 소름 끼치거든.
피사니오 궁정에 안 계실 거면,
　　　　마님은 브리튼을 떠나야 해요.
이너젠 그럼 어디로 가지?
　　　　브리튼이 빛나는 태양 전부를 차지한 건 아니지? 낮, 밤,
　　　　그것들이 브리튼에만 존재하는 건가? 세계라는 책에서
　　　　우리 브리튼은 그 일부지만, 제본은 안 된 것 같아,
　　　　커다란 연못 속 백조 둥지 같단 말야. 하지만, 그렇지,
　　　　브리튼 바깥에서도 사람들이 살겠지.
피사니오 정말 다행이에요,
　　　　마님이 다른 곳을 생각하시다니. 로마 사신,
　　　　루치우스가, 밀포드 항구로 온답니다
　　　　내일. 이제 마님께서 마음을
　　　　마님의 불운만큼이나 검게 먹으시고, 변장을
　　　　할 밖에 없어요, 그렇지 않고 본 모습을 드러내면 아직은
　　　　스스로 위험에 빠지는 꼴이니까, 아씨께서는
　　　　유리하고 전망 밝은 길을 밟으셔야 하니까요. 그래요, 아마
도 가능하면
　　　　포스튜머스 님 거처 근처도 좋겠죠. 얼마나 가까우냐면, 최
소한,
　　　　비록 그분의 처신을 눈으로 직접 볼 수는 없더라도,
　　　　보고가 한 시간마다 마님 귀에다

그분 처신 사실 그대로 전할 수 있을 정도.

이너젠 오, 그렇게 다가갈 수만 있다면,

나의 정숙함이 위험에 처하더라도, 꺾이면 안 되지만,

모험을 해야겠지.

피사니오 좋아요 그렇다면, 요는 이겁니다.

마님은 여자 노릇을 잊으세요. 스스로 바꾸셔야 합니다,

공주식 명령조를 복종투로. 머뭇대는 우아미—

모든 여성의 하녀, 아니 더 정확하게는

여성됨 그 자체—그것을 낯짝 두꺼운 장난기로 바꾸시고,

툭하면 놀려 먹고, 남의 말 툭툭 잘라 대고, 시건방지고

걸핏하면 싸움질인 게 족제비가 따로 없는 겁니다. 정말, 마
님께서는

마님의 가장 희귀한 보석인 그 두 뺨도 잊고,

내맡기셔야 해요—오, 하지만 오, 이건 너무하다!—

아아, 어쩔 수가 없어—모든 사람과 한꺼번에 입을 맞추는

태양이 게걸스럽게 집적댈망정, 그리고 잊으시는 거예요,

위대한 주노 여신까지 시샘케 했던

마님의 그 공들인 우아한 의상도.

이너젠 됐어, 간단히 끝내요.

무슨 뜻인지 알겠어, 그리고 난 벌써

거의 남자라구.

피사니오 그럼, 남자처럼 보이는 일만 남았겠네요.

이렇게 되리라 예상하고, 제가 이미 챙겨 두었지요—

제 옷가방에 있어요—남자 웃옷, 모자, 양말 등등

일습을. 그런 차림의 도움을 받고,

가능한 온갖 몸짓도 대부 받아
아씨 또래 청년을 흉내 내면서, 고결한 루치우스한테
인사드리고, 하인으로 써 달라 하시고, 그분께 말씀드리세
요
마님 장기를—그거면 확실하죠
그분 귀가 음악을 좀 안다면—분명
기쁘게 그분이 마님을 받아 주실 거예요. 명예를 아는 분이
고,
더더군다나, 아주 거룩한 분이거든요. 나라 바깥에서 먹고
사는 문제는—
제가 있잖아요, 저 돈 많아요. 그리고 결코 염려 끼쳐 드리
지 않을 겁니다.
정착은 물론 차후 생계 문제도.

이너젠 하늘이 제게 먹여 주신
은총은 당신이 전부네요. 어서 가요.
곰곰 생각해 볼 게 더 있지만, 보조를 맞춰야지
지금 할 수 있는 모든 행동들과. 이번 일을
난 군인처럼 밀어붙일 거야, 그리고 견디겠어
군주다운 용기로. 가요, 어서.

피사니오 그런데, 마님, 잠시 작별을 해야겠습니다,
아니면, 눈에 띄질 않으니, 의심을 받게 돼요
제가 마님을 궁정에서 탈출시켰다는. 고결하신 우리 마님,
이 상자를 받으세요. 바다에서 멀미가 나거나
육지에서 속이 메스꺼우실 때, 이것을 조금만 드시면
거뜬해질 겁니다. 어디 그늘진 곳을 찾아,

남자 차림을 하십시오. 부디 신들께서
마님이 최선을 이루게끔 인도하소서.

이너젠 아멘. 고마워요.

　　　　따로따로 퇴장

3막 5장

브리튼. 심벨린 궁전

화려한 취주. 심벨린, 왕비, 클로텐, 루치우스, 그리고 대신들 등장

심벨린 〔루치우스에게〕 이쯤에서, 작별하지요.

루치우스 고맙습니다, 폐하.

　　　우리 황제께서 당장 이곳을 떠나라는 전갈을 보내셔서요.

　　　정말 유감이고요, 제가 어르신을

　　　제 주인의 적으로 보고드릴 밖에 없는 것이.

심벨린 짐의 신민들은, 귀하,

　　　그분의 멍에를 지고 있을 생각이 없으니, 짐으로서는

　　　마땅한 만큼의 주권을 과시하는 것이

　　　왕으로서 본분이라 보오.

루치우스 그렇지요, 폐하, 바라옵건대

　　　밀포드 항구까지 육로를 호위해 주소서.

　　　〔왕비에게〕 마마, 온갖 기쁨이 마마의 기품에 내리기를, 〔클로텐에게〕 당신도 또한.

심벨린 나의 경들, 그대들한테 그 임무를 맡기겠소.

　　　마땅한 명예의 대우에 한 치의 소홀함도 없도록 해 주시오.

　　　그만 헤어집시다, 고결한 루치우스.

루치우스 제 손을 잡아 주십시오, 마마.

클로텐 친절한 악수지만, 차후로는 이 손이

　　　당신을 적으로 상대할 것이오.

루치우스 마마, 결과를

　　　봐야 승자가 정해지겠지요. 안녕히 계십시오.

심벨린 고귀한 루치우스를 떠나지 마시오, 착한 나의 경들,

　　　세번 강을 건널 때까지. 행운을 비오.

　　　　　　루치우스와 대신들 퇴장

왕비 그는 인상을 찌푸리고 떠났지만, 우리로서는 명예요,

　　　그를 그렇게 만들었다는 것이.

클로텐 더 잘됐어요.

　　　폐하의 용맹한 브리튼인이 소망하는 바니까요.

심벨린 루치우스가 이미 황제에게 서찰을 보내

　　　이곳 사정을 알렸다. 그러니 마땅히 신속하게

　　　짐의 전차와 기병을 대기시킬 일.

　　　그가 벌써부터 갈리아에 주둔시켜 놓은

　　　군대가 곧 전원 소집되고, 그것으로 그가

　　　브리튼과 전쟁을 치르러 오겠지.

왕비 비몽사몽 할 사안이 아녜요.

　　　신속하고도 강력하게 대비를 해야 합니다.

심벨린 짐은 이렇게 되리라 예상하고

　　　준비를 착착 진행시켜 왔소. 그런데, 마음씨 고운 나의 왕
비,

　　　우리 딸은 어디 있는가? 그 애는 모습을

로마인 앞에도 안 보이고, 건너뛰었지
아침 문안도. 짐이 보기에 그 애는
효성보다 앙심으로 똘똘 뭉친 거 같아.
애물단지라는 거지. 공주를 대령하라, 더 이상
짐이 너그럽게 봐주지는 않을 것이니. 〔한두 명 퇴장〕

왕비 마마,
포스튜머스 추방 이래 남 앞에 나서는 일을
공주는 극도로 피해 왔고, 그 치료는, 폐하,
시간에 맡겨야겠지요. 부디 폐하께서는
심하게 그 애를 꾸짖지 마소서. 공주는
꾸중에 워낙 민감해서 말이 매질과,
매질은 죽음과 같거든요.

　　　전령 등장

심벨린 그래, 공주는 어디 있더냐? 자신의 불경은
뭐라 변명을 늘어놓고?
전령 황공하오나, 폐하,
공주님 방은 굳게 잠겼고, 일체 대답이 없었습니다
우리가 아무리 크게 소리를 질러도.
왕비 폐하, 제가 마지막으로 만났을 때
공주가 자신의 두문불출을 부디 용서해 주십사 하더군요,
몸이 아파 누워 있을 밖에 없으니,
매일 드려야 마땅한
문안조차 폐께 드리지 못한다고요. 그 말씀
폐하께 전해 달라 하였는데, 궁정 일이 많다 보니

제가 그만 깜빡 잊고 말았네요.

심벨린 그 애 방문이 잠겼어?

　　　근래 눈에 띄지 않았고? 하늘이여 저의

　　　불안이 기우로 드러나게 해 주소서. 〔퇴장〕

왕비 아들아, 너도 따라가, 어서.

클로텐 공주의 그 하인, 피사니오, 나이 든 하인을,

　　　나도 요 이틀 동안 보지 못했네요.

왕비 가서, 찾아내라.

　　　　〔클로텐 퇴장〕

　　　피사니오, 네놈이 포스튜머스 대신 역할깨나 했겠다!

　　　이놈이 내 독약을 가졌지. 제발 그가 안 보이는 게

　　　그것을 삼킨 탓이었으면. 놈은 믿고 있거든,

　　　그게 아주 귀한 물건이라고. 하지만 공주,

　　　그 애는 어디로 사라진 거지? 아마도 절망에 사로잡혔거나,

　　　아니면 사랑의 열병을 날개 삼아,

　　　욕망하던 포스튜머스한테로 날아갔거나. 사라진 그녀는

　　　죽었거나 망신살이 뻗쳤거나 둘 중 하나고. 나로서는

　　　어느 쪽이든 절호의 기회군. 그녀 운이 저조하니,

　　　브리튼 왕관은 내 손 안에 있다 이 말이야.

　　　　〔클로텐 등장〕

　　　어떻게 됐니, 아들?

클로텐 도망친 게 분명해요.

　　　가서 왕을 달래 드리세요. 길길이 뛰시니, 아무도

　　　감히 근접을 못해요.

왕비 그거 잘됐구나. 아예

이 밤이 왕의 올 날을 박탈해 버리면 좋은데. 〔퇴장〕

클로텐 　난 공주를 사랑하면서 미워해. 그 애는 아름답고 왕족다
운 기품이 있거든.

그리고 궁정에 너무도 어울리는 그녀의 외모는 아주 우아해
귀부인, 귀부인들, 여인들─누구를 뜯어봐도
그녀가 최고고, 그녀는, 모든 장점의 합성이고,
그들 모두를 합친 것보다 더 값이 나가지─그래서 난 그녀
를 사랑해. 하지만
날 경멸하고, 사랑은
그 비천한 포스튜머스한테 주고 있으니, 판별력 엉망이라는
소릴 듣는 거야,
다른 건 그리 똑똑하다는데 결국 겉똑똑이가 된 거고. 그런
논점에서
내 결론은 그녀를 미워하는 것, 아니, 정말,
그녀한테 복수하는 것. 왜냐면 바보들이
꼭─

〔피사니오 등장〕

이게 누구야? 뭐야, 무슨 꿍꿍이냐, 이놈?
이리 와 봐. 아, 이런 희한한 뚜쟁이 놈,
네 여주인 어딨나? 그 말만 해, 딴말 길게 늘어놓으면
네놈한테 당장 쓴맛을 보여 주겠다.

피사니오 　오 착하신 왕자님!

클로텐 　네 여주인 어딨나 말하라니까?─아니면, 주피터에 맹세
코,
다시 묻지 않을 것이다. 음흉한 놈,

네가 아는 비밀을 네 혀로 토설하지 않으면 찢어 버릴 거야
내가 네 심장을. 그러면 알리라. 공주가 포스튜머스하고 있
나,

비천이 그리 엄청나건만
가치라고는 조금도 없는 그놈하고?

피사니오 아아, 왕자님,

어떻게 그분이 포스튜머스하고 있겠어요? 공주님 없어진
게 언젠데요?

그는 로마에 있는데요.

클로텐 이봐. 그녀 어디 있어? 좀 더 정확히 말해 봐.

그만 더듬고, 제대로 말해
그녀가 어떻게 되었는지.

피사니오 오. 너무도 훌륭하신 나의 왕자님!

클로텐 너무도 훌륭한 악당 놈아,

네 아씨마님 어딨는지 당장 불어,
잔말 말고. '너무도 훌륭한' 어쩌구 설레발 말고.
말해. 당장 입을 열지 않으면
즉결 처형할 테다.

피사니오 알았습니다. 왕자님,

이 편지가 전부입니다.
제가 공주님 탈출에 대해 알고 있는.

피사니오가 클로텐에게 편지를 준다.

클로텐 보자. 난 그 애를 끝까지 추적할 거야

설령 그 애가 아우구스투스 옥좌에 앉아 있더라도.

피사니오 〔방백〕 목숨 부지하려면 이럴 밖에 없어.

　　　 마님은 충분히 멀리 가셨고, 그가 편지 내용을 안들
　　　 면 여행 고생길뿐, 마님이 위험한 건 아니고.

클로텐 흠!

피사니오 〔방백〕 주인님께는 마님이 죽었다고 써야겠다. 오 이너
젠,

　　　 부디 무사히 가셨다, 무사히 돌아오소서!

클로텐 이봐, 이 편지가 사실이냐?

피사니오 왕자님, 그런 것 같습니다.

클로텐 포스튜머스 필적이야. 내가 알지. 이봐. 만일 네가 악당 짓
집어치우고 내게 진정으로 충성을 바치며, 내가 어떤 연유로
좀 골치 아프고 힘든 일을 시킬 텐데 그걸 해 주면—까놓고
말해서, 내가 아무리 나쁜 짓을 시키더라도 그 즉시 정확하게
시킨 대로 한다면—난 너를 정직한 하인으로 여겨 주겠다. 내
돈으로 네 생계를 부족함 없이 돌봐 주고, 내 목소리로 네 출
세를 도와주겠어.

피사니오 예, 훌륭하신 나의 왕자님.

클로텐 내게 충성하겠느냐? 너는 끈질기게 또 한결같이 그 한심
한 거지 포스튜머스 놈의 운에 달라붙어 있던 신세였으니, 고
마운 줄 알고 내 충복이 되어야 마땅할 것이다. 내게 충성하
겠느냐?

피사니오 왕자님, 그리하겠습니다.

클로텐 손을 내거라. 지갑째 주겠다. 네 옛 주인 입던 옷가지 좀
갖고 있나?

피사니오 있습니다, 왕자님, 제 방에 있는 게 그분께서 저의 마님

이자 그분 연인과 작별하실 때 입었던 바로 그 옷이지요.

클로텐 첫 명령이다. 가서 그 옷을 이리 가져와. 그게 네가 할 첫
임무야. 어서.

피사니오 그러겠습니다, 왕자님. 〔퇴장〕

클로텐 밀포드 항구에서 그대 만나리! 뭔가 하나 덜 물어본 것 같
은데, 뭐 곧 생각나겠지. 바로 거기서, 이 나쁜 놈 포스튜머
스, 내가 널 죽이겠어. 옷을 빨리 안 가져 오고 뭐하는 거야.
그년이 일전에 그랬겠다―그 생각 하니 또 분통 터지네―포
스튜머스의 옷가지 따위를 나라는, 고결한 혈통에다 훌륭한
품성까지 갖춘 인격체보다 더 존경한다 이거지. 그 옷을 걸치
고 그년을 겁탈해 줄 테다―우선 그놈을 죽여야지, 그것도 그
년이 보는 앞에서. 그러면 그년이 내가 얼마나 용감한지 알게
되고, 그러면 그녀의 경멸이 고문당하는 거고. 그놈은 죽어
자빠졌고, 의기양양한 조롱이 그놈 시체에 퍼부어지고, 그리
고 내 욕정이 식사를 마치시면―그 일을, 내가 말했듯, 그년
을 엿 먹이기 위해, 그년이 그토록 칭찬했던 그 옷을 입고 치
르겠다는 거지―궁정으로 끌고 가야지, 주먹으로 패고 발로
차면서 집으로 다시 모셔다 주겠어. 그년이 날 유쾌히 경멸했
으니, 그리고 결혼은 즐거운 복수라.

〔피사니오가 포스튜머스 옷을 들고 등장〕

그게 그 옷이냐?

피사니오 네, 고결하신 왕자님.

클로텐 공주가 밀포드 항구로 떠난 지 얼마나 됐지?

피사니오 아직 도착하시지 못했을 겁니다.

클로텐 이 옷을 내 방으로 갖다 놔. 그것이 내가 네게 내리는 두

번째 명이다. 세 번째는 내 계획에 대해 스스로 입도 뻥긋 말라는 거야. 그냥 시키는 일만 하라구, 그러면 진정 내가 널 우대할 것이다. 나의 복수는 밀포드에서 벌어지는군. 날개가 달렸으면 금방 따라잡을 텐데. 가자, 그리고 너 충직해야 한다.

　　〔퇴장〕

피사니오　네가 날 지옥에 떨어지라 명하는구나, 너한테 충직하라는 건

　　배신하라는 거거든, 그럴 수는 결코 없지

　　아주 진실한 그분을. 밀포드로 가거라,

　　그리고 못 찾는 거지, 네가 추적하는 공주님을. 내려라, 내려,

　　그대 하늘의 은총이여, 공주님 위로. 이 바보의 속도가

　　느려지게 막아 주소서, 쌩고생만 잔뜩 하게 하소서.

　　퇴장

3막 6장

웨일즈, 벨라리어스 동굴 앞

남장한 이너젠, 동굴 앞으로 등장

이너젠 사내 노릇 참 진저리나네.

　　난 지쳤어, 게다가 이틀 밤을 내리

　　맨땅에서 잤다구. 틀림없이 병이 났을 거야,

　　결심이 돕지 않는다면. 밀포드,

　　산꼭대기에서 피사니오가 널 가리켰을 때는

　　눈에 확 들어왔었는데 말야. 오 정말, 아무래도

　　자선이란 것도 불쌍한 사람 보면 달아나나 봐─어떻게, 내 말은,

　　불쌍한 사람 도와줄 생각도 없는 건지. 거지 두 명이 그랬다구

　　이 길이 틀림없다고. 가난한 사람들도 거짓말을 하나,

　　고통받는 사람도, 그 고통을

　　천벌 혹은 시련으로 여기는 사람들도? 하지. 놀랄 일도 아니야,

　　부자들은 좀체 참말을 안 하니까. 잘살 때 잘못하는 건

　　가난해서 거짓말하는 것보다 더 나쁘고, 거짓말은

　　거지보다 왕의 그것이 더 나빠. 소중한 나의 주인님,

주인님도 거짓말쟁이 중 하나예요. 이제 당신을 생각하니
배고픔이 가시는군요. 하지만 방금 전만 해도
전 굶주려 쓰러질 지경이었어요. 근데 이게 뭐지?
들어가는 통로가 있네. 야만인 사는 덴가.
부르지 않는 게 좋겠어. 무서워서 못 불러. 하지만, 굶주림
은,
완전히 몸을 무너뜨리기 전에, 용기를 주는 법.
풍요와 평화는 겁쟁이들을 번식시키지만, 역경은 언제나
대담함의 어머니. 호! 안에 누구 계세요?
문명인 누구 계시면, 대답해요. 야만인이면,
모두 빼앗든지, 아니면 도와주든지. 호! 대답이 없어? 그럼
들어가 봐야겠어.
칼을 뽑아 드는 게 좋겠지, 그리고 적이 있더라도
나처럼 칼을 무서워만 한다면 똑바로 쳐다보지도 못할 거
라.
그 정도의 적이기를, 마음씨 고운 하늘이시여! 〔동굴 속으로
퇴장〕

벨라리어스, 귀데리어스, 그리고 아비레이거스 등장

벨라리어스 네가, 폴리도어, 오늘 사냥을 제일 잘했으니
식탁의 주인이다. 캐드월과 내가
요리사 및 하인 노릇을 맡지, 약속이니까.
.   열심히 흘린 땀이 마르는 것은
오로지 땀 흘린 목적을 위해서. 들어가자, 모두 배가 고플
테니

밋밋한 음식도 별미지. 몸이 고단하면
단단한 돌 위에서도 코를 골고 게으름뱅이한테는
솜털 베개도 딱딱하게 느껴지는 법. 이곳에 평화 있으라,
초라한 집, 한 번도 가꾸지 않은 집에.

귀더리어스 난 정말 녹초야.

아비레이거스 난 힘들어 죽겠지만 식욕이 마구 솟구쳐.

귀더리어스 동굴 안에 먹다 남은 게 있어. 그걸 깨작대면서
오늘 잡은 놈 요리를 하자구.

벨라리어스 〔동굴 속을 들여다보며〕 잠깐, 들어가지 말거라.
우리 양식을 먹으니 그렇지 아니라면
요정이라고 생각했을 게야.

귀더리어스 왜 그러세요. 아버지?

벨라리어스 정말, 천사로구나—혹은, 아니라면,
이 땅 인간의 비길 바 없는 귀감. 거룩한 존재로다
나이는 소년 같은데.

남장한 이너젠, 동굴에서 등장

이너젠 훌륭하신 선생님들, 절 해치지 마세요.
여길 들어오기 전에 누구 없냐 물었어요. 그리고 생각은
내가 먹은 걸 구걸하거나 사려는 거였어요. 참으로,
아무것도 훔치지 않았어요. 그럴 마음도 없었고요. 바닥에
금덩이가 흩어져 있었더라도 말예요. 고기 값은 여기 있어
요.
시렁에 얹어 둘 생각이었어요, 식사를
마치자마자, 그리고 떠나려 했습니다

음식 주신 분을 위한 기도와 함께.

귀더리어스 돈이냐, 이놈?

아비레이거스 금이니 은이니 모두 결국은 쓰레기야,

그렇지 않다고 여기는 놈은

쓰레기 신을 섬기는 놈들뿐이지.

이너젠 화나신 건 당연해요.

알아주시면 좋겠어요. 제가 저지른 잘못 때문에 절 죽이려

하시지만, 저는 틀림없이

죽었을 거예요. 그 잘못을 저지르지 않았다면.

벨라리어스 어디로 가시나?

이너젠 밀포드 항구로 갑니다.

벨라리어스 이름이 뭐요?

이너젠 피델레입니다. 선생님. 친척 한 분이

이탈리아로 갑니다. 밀포드에서 배를 탄다 했고,

그에게로 가다가, 배가 고파 거의 쓰러질 지경이기에,

이런 짓을 저지르게 되었습니다.

벨라리어스 부디, 아름다운 청년,

우리를 천한 것들이라 생각지 말게, 우리의 착한 마음씨를

이 야만인인 거처 때문에 오해하지도 말고. 잘 오셨네.

밤이 다 되었어. 뭘 좀 더 잘 먹고

떠나야지, 여기 머물고 음식을 들고 그래 주면 고맙겠네.

얘들아, 인사해.

귀더리어스 당신이 여자였다면, 청년,

정말로 열심히 청혼을 하여 신랑감이 되고야 말았을 거요,

맞아, 어떻게든 사들이고 말았을걸.

아비레이거스 난 다행으로 생각하겠어

그가 사내인 것이, 그를 내 동생처럼 사랑할 거야.

〔이너젠에게〕 그리고 오랜만에 만난

동생을 환영하듯이, 당신을 환영하네. 정말 잘 왔어.

기운을 내라구, 친구들을 만나게 되었으니.

이너젠 친구 맞지요

형제라고 하시니. 〔방백〕 정말 좋았을 텐데 그들이

우리 아버지 아들들이라면. 그럼 내 가치가

좀 떨어지고, 그렇게 무게가 비슷해졌겠지,

당신, 포스튜머스와.

세 사람이 따로 말을 나눈다.

벨라리어스 무슨 고민이 그를 쥐어짜는 것 같아.

귀더리어스 내가 그 고민을 풀어 줄 수 있었으면!

아비레이거스 아니면 내가, 무슨 고민이든,

어떤 고통을 치르게 되든, 어떤 위험이 닥치든. 제발!

벨라리어스 내 얘기 좀 들거라, 얘들아.

그들이 속삭인다.

이너젠 〔방백〕 대단하다는 사람들도

궁정이 이 동굴만큼 줄어들고,

스스로 자신을 시중들어야 하고, 자신의 양심이

허락한 미덕 밖에 없고, 변덕스런 군중의

공허한 인기에 영합할 일 없어진다면,

이 두 사람보다 못하게 될 거야. 용서하세요, 신들이시여,

저는 성별을 바꾸어 저들과 친구가 되고 싶습니다,

리오네이터스는 배신자니까요.

벨라리어스 그래야겠구나.

애들아, 가서 사냥해 온 걸 요리하게 다듬자꾸나. 잘 생긴

청년, 들어가시게.

말하는 것도 힘들어요, 배가 고프면. 저녁을 마치고 나서

정중하게 자네 이야기를 청해 듣겠네,

자네가 하고 싶은 만큼만.

귀더리어스 이리 와.

아비레이거스 부엉이가 밤을, 종다리가 새벽을 반기는 것보다 더

자네를 환영하이.

이너젠 고맙습니다, 선생님들.

아비레이거스 이리 가까이 오라니까.

모두 동굴 안으로 퇴장

3막 7장

로마, 광장

로마 원로원 의원 두 명, 그리고 호민관들 등장

첫 번째 원로원 의원 황제의 교서 내용은 이렇소.

평민들은 현재

판노니아인과 달마치아인에 맞서 출전했고,

현재 갈리아 주둔 중인 군대는

너무 숫자가 적어 전쟁을

브리튼인 반란군과 치를 수 없으므로, 독려할 것,

보다 높은 신분 자제들의 참전을. 황제께서 임명하셨소,

루치우스를 그 지방 총독으로, 그리고 당신들 호민관한테는,

이 즉각적인 징집을 위해, 위임하셨소

전권을. 케사르 만세!

한 호민관 루치우스가 군대 총사령관이다?

두 번째 원로원 의원 그렇소.

한 호민관 지금 갈리아에 머물고 있는?

첫 번째 원로원 의원 군대와 같이 있어요,

내가 말했던 그 군대 말이오, 그리고 당신들이 모집한 병사들이

그 군대를 지원하게 됩니다. 위임장에 적혀 있소

소집 병력 수와 날짜,

그들이 출정할 날짜가.

한 호민관 우린 우리 의무를 다할 것이오.

모두 퇴장

제4막

그건 공허의 화살일 뿐, 공허가 쏜 화살,
두뇌가 위장의 거품으로 만든 공허한 상상의. 우리의 눈도
때로는 우리의 판단력과 같이, 눈먼 눈이구나.

4막 1장
웨일즈, 벨라리어스 동굴 근처

클로텐이 포스튜머스의 옷을 입고 등장

클로텐 조금만 더 가면 년놈들이 만나는 곳이다. 피사니오가 제대로 지도를 그려 줬다면. 옷이 나한테 정말 딱 맞네? 왜 그 놈 여자도, 그년이나 재단사나 모두 하나님 작품인데, 또한 나한테 딱 맞지 않겠어?―좀 거시기 하지만―딱 맞는다는 게―하긴 여자들 딱 맞는 거는 움찔움찔 발작하듯 딱 맞는다 그러더만. 그 방면엔 내가 고수라고 봐야겠지. 내 자신과 대화를 나눠 볼까. 사내와 거울이 한 방에서 대화를 나눈다고 크게 뽐내는 건 아니니까. 정말이지 내 몸의 윤곽은 그놈만큼이나 번듯하지. 나이를 더 먹은 것도 아니고, 힘은 더 세고, 재산도 그놈 못지않고, 시운은 그놈을 능가하고, 태생은 그놈보다 높고, 일반 복무에서는 비슷하게 정통하고, 단독 결투에서는 솜씨가 더 낫지. 근데 이 아둔한 것이 그놈을 사랑하여 날 악살맥인단 말야. 인간이란 정말! 포스튜머스, 네 머리가 지금은 어깨 위로 자라고 있겠으나 한 시간 안에 댕겅 잘리고, 네 애인이 겁탈당하고, 네 옷이 네 면전에서 갈가리 찢길 것이야. 그리고 이 일을 모두 마치면, 발로 차서 그년을 그년 아버지한테 몰고 갈 거야. 그러면 그녀 아버지는 약간 화를 내겠지 내가 그리 거칠게 다루었다고. 하지만 우리 어머니가, 이 뚝별씨를 꽉 잡고 있으니, 모든 걸 내 공으로 바꾸어 주실 것이다. 말은 안전하게 매어 두었어. 나오라, 칼, 그리고 쓰라린 목표를 향하라! 운명이여, 두 년놈을 내 손아귀에 들게 해 다오. 여기가 바로 년놈들이 만나기로 했다고 설명한 바로 그 장소야, 그자가 감히 날 속였을 리도 없고.

퇴장

4막 2장
벨라리어스 동굴 앞

벨라리어스, 귀더리어스, 아비레이거스, 그리고 남장한 이너젠이
동굴에서 등장

벨라리어스 〔이너젠에게〕 자넨 몸이 안 좋아. 여기 동굴에 그냥 있
　　게.
　　　　우리는 사냥을 하고 돌아올 테니.
아비레이거스 〔이너젠에게〕 동생, 여기 그냥 있어.
　　　　우리는 형제잖아?
이너젠　남자 대 남자라면 그래야겠죠,
　　　　하지만 똑같이 진흙이되 신분이 다르죠,
　　　　먼지로 돌아가는 것은 같지마는. 제가 아주 아파요.
귀더리어스 〔벨라리어스와 아비레이거스에게〕 사냥은 둘이 나가요. 내
　　가 그와 같이 있을게요.
이너젠　그 정도로 아픈 것은 아니지만, 안 좋은 건 사실이에요.
　　　　하지만 아무리 도시에서 약골로 자랐기로
　　　　아프기도 전에 죽겠다고 생각할 정도는 아니에요. 그러니
　　부디, 절 그냥 내버려 두세요.
　　　　하루 일과를 지키셔야죠. 관습이 깨지면
　　　　모든 게 깨지죠. 전 아파요, 하지만 선생께서 제 곁에 있어도

병이 낫는 것은 아니잖아요. 누가 같이 있는 것도 위안이 안
　돼요.
　사교적이지 못한 사람한테는. 내가 아주 아픈 건 아니죠.
　아프다는 말은 할 수 있으니. 부디, 저를 믿고 여기 남게 해
주세요.
　제 자신 말고는 아무것도 안 훔칠게요. 그리고 죽더라도,
　그건 하찮은 제 목숨을 훔치는 거니까.
귀더리어스 난 널 사랑해. 내가 말했지,
　그 사랑의 양과 무게가,
　아버지에 대한 나의 사랑 못지않다구.
벨라리어스 뭐라는 소리냐, 어쩔다구?
아비레이거스 그렇게 말하는 게 잘못이라면, 저도
　착한 우리 형과 같은 벌을 받겠어요. 이유는 모르지만
　저도 이 청년을 사랑해요. 그리고 아버지께서도 그러셨잖아
요.
　사랑의 이유는 이유가 없다고. 문간에 관을 놓고
　누가 죽을 거냐고 묻는다면, 난 이리 말하겠어요,
　'우리 아버지지, 이 청년은 안 돼'.
벨라리어스 〔방백〕오 고결한 성격 내림!
　오 자연의 덕망, 오 위대함의 번식!
　겁쟁이는 겁쟁이 아들을 낳고, 비천한 것은 비천한 것의 아
버지가 되지.
　자연은 곡식 알갱이도 겨도, 수치스런 것도 우아한 것도 자
연이니까.
　나는 저 애들 아버지가 아냐. 하지만 이 청년은 누구길래

기적을 일으켜, 나보다 더 사랑을 받는 것인지.

　〔큰 소리로〕 아침 아홉 시야.

아비레이거스 　〔이너젠에게〕 동생, 잘 있어.

이너젠 　사냥 잘하세요.

아비레이거스 　건강 잘 챙겨—이제 가시죠, 아버님.

이너젠 　〔방백〕 친절한 사람들이야. 신들이시여, 다 거짓말이었어요!

　궁정 사람들은 자기들 빼놓고는 모두 야만인이라 그러더니.

　경험이여, 오 그대가 그 말이 틀렸음을 증명해 주는구나!

　도도한 바다는 괴물들을 기르고, 먹거리로는

　빈약한 강 지류도 못지않게 맛있는 물고기를 내지.

　여전히 몸이 아프군, 가슴이 아파. 피사니오,

　당신이 준 약을 이제 먹어야겠네.

　　　　그녀가 약을 삼킨다. 사내들이 따로 이야기한다.

귀더리어스 　좀체 말을 안 하려 들더라구.

　상류층이지만 불행하다는 거,

　부당하게 고통받았지만 죄가 없다는 거 정도였어.

아비레이거스 　나한테도 그리 답했어, 하지만 차차

　얘기를 더 해 주겠다더군.

벨라리어스 　가자, 들판으로. 사냥을 가자!

　〔이너젠에게〕 지금은 혼자 있어야겠군. 들어가 쉬시게.

아비레이거스 　〔이너젠에게〕 곧 돌아올 거야.

벨라리어스 　〔이너젠에게〕 부디, 아프지 마시게,

　자네가 주부나 마찬가지니.

이너젠 낫든 아프든,

　　　　크게 신세를 지게 되었습니다. 〔퇴장〕

벨라리어스 언제까지라도.

　　　　이 청년은, 아무리 궁핍하지만, 겉모습만 보아도 분명

　　　　훌륭한 가문 출신이야.

아비레이거스 노래 부르는 게 천사 같더라니까요!

귀더리어스 음식 솜씨는 또 얼마나 섬세하구!

벨라리어스 야채 뿌리를 알파벳 모양으로 썰더만,

　　　　국에 간 맞추는 건 마치 몸져누운 주노 여신

　　　　요리사 같고 말이야.

아비레이거스 고결하게 그가

　　　　미소에 한숨을 멍에 지우는 모습은, 마치 한숨이

　　　　한숨인 것은 이런 미소가 아니기 때문이라는 투였어.

　　　　미소가 한숨을 비웃는 거지, 한숨이

　　　　그토록 거룩한 사원에서 달아나 어울린다는 것이

　　　　고작 배꾼들한테 욕이나 먹는 바람하고냐, 그렇게.

귀더리어스 나도 정말 알겠더라

　　　　슬픔과 인내가, 둘 다 그에게 뿌리를 내리고,

　　　　뿌리끼리 서로 뒤엉키는 것을.

아비레이거스 자라라 인내여.

　　　　그리고 그 악취 나는 딱총나무, 슬픔이, 풀게 하라

　　　　꼬여 있는 그 치명적인 뿌리를, 늘어나는 포도나무에서.

벨라리어스 아침이 다 밝았다. 가자. 저건 누구냐?

　　　　　　포스튜머스 복장의 클로텐 등장

클로텐 그 도망자들을 찾을 수가 없네. 그 악당 놈이

　　　날 놀려 먹었어. 기운이 하나도 없네.

벨라리어스 〔아비레이거스와 귀더리어스에게 방백〕'그 도망자들'?

　　　우리 얘기 아닐까? 저자를 알 것도 같아. 저건

　　　클로텐, 왕비의 아들이지. 매복을 시켜 놓은 거 아닌지 모르

　　　겠다.

　　　여러 해 동안 보질 못했어, 그렇지만

　　　틀림없이 그자야. 우린 범법자로 돼 있거든. 자리를 뜨자!

귀더리어스 〔아비레이거스와 벨라리어스에게〕그는 혼자야. 아버지하

　　　고 동생은 찾아보세요

　　　근처에 한패들이 있는지. 어서, 가 보시라니까요.

　　　저자는 나 혼자 상대할 테니까. 〔아비레이거스와 벨라리어스 퇴

　　　장〕

클로텐 서라, 너희들 누군데

　　　나한테서 이렇게 내빼느냐? 비천한 산사람들?

　　　그런 얘기 들은 적 있지. 도대체 뭐해 먹는 놈이냐?

귀더리어스 뭐든 간에

　　　뭐해 먹는 놈 소리 듣고

　　　주먹 한 방 못 날릴 위인은 결코 아니지.

클로텐 넌 도적이로구나,

　　　범법자, 악당이로다. 항복해라, 도적놈.

귀더리어스 누구한테? 너한테? 네가 누군데? 안 보이나,

　　　내 팔뚝 네 팔뚝만큼 굵은 거, 심장도 너만큼 큰 거 안 보

　　　여?

　　　말은, 내가 인정하지, 더 큰 거 맞아, 왜냐면 난

말로 칼질하는 사람 아니거든. 네놈이 누군지 말해 봐,

왜 내가 너한테 항복을 해야 하는지.

클로텐 이런 비천한 악당 놈.

내 복장 보면 모르겠어?

귀더리어스 모르겠는데, 재단사도 어떤 놈인지 모르겠고. 이놈아,

재단사가 네 할애비 아니냐. 그가 그 옷을 지었겠지,

옷가지가, 보아 하니, 사람을 만든다는 말이 맞는 것 같은

데.

클로텐 이런 천하의 몹쓸 놈 보았나,

내 재단사가 만든 거 아냐.

귀더리어스 꺼져라, 그럼, 그리고 감사해

너한테 그 옷 준 사람한테. 멍청한 놈이로구나.

때리기도 싫다.

클로텐 이런 발칙한 도둑놈,

내 이름을 알려 줄 테니 벌벌 떨거라.

귀더리어스 뭐냐 네 이름이?

클로텐 클로텐이시다, 이 악당 놈.

귀더리어스 클로텐, 이 두 배로 나쁜 놈, 그게 네 이름이다 이거지,

난 그 이름에 벌벌 떨어 줄 수가 없네그려. 이름이 차라리

두꺼비나 살무사, 거미였다면

내가 더 빨리 떨었을 게다.

클로텐 네 두려움이 더하겠지만,

아니, 기절초풍하겠지만, 일러두는 게 좋겠지,

난 왕비의 아드님이시다.

귀더리어스 거참 유감이군, 네 꼬라지는

출생만큼 훌륭해 보이지 않으니.

클로텐 두렵지 않다고?

귀더리어스 내가 존경하고, 내가 두려워하는 것은, 현자들이야.
　　바보는 내가 비웃지, 두려워할 리가 있나.

클로텐 죽어 버려라.
　　내가 널 내 손으로 잡아 죽인 후
　　방금 달아난 놈들도 추적하겠어,
　　그리고 런던 대문 위에 네놈들 모가지를 걸어 놓겠다.
　　항복해, 이 촌뜨기 산골 무지렁이 놈.

　　　　두 사람 싸우며 퇴장.
　　　　벨라리어스와 아비레이거스 등장

벨라리어스 주위에 한패들이 아무도 없더냐?

아비레이거스 눈 씻고 보아도 없던데요. 아버지가 잘못 보신 거예
　　요, 확실히.

벨라리어스 글쎄다. 그자를 본 것이 오래전 일이다만,
　　시간이 그렇게 지났어도 흐트러지지 않았어, 그 당시
　　얼굴 윤곽은. 목소리를 더듬대다가
　　갑자기 말을 쏟아 내는 것도 예전의 그야. 확실해
　　그자는 바로 클로텐이었어.

아비레이거스 여기서 우리가 둘을 남겨 두고 자리를 피했는데.
　　형이 그자를 잘 처리했으면 좋겠네요,
　　난폭한 자라고 하셨잖아요.

벨라리어스 다 자랐다고 하기가 뭐하지,
　　어른으로 말이다. 전혀 의식을 못해요,

포효하는 공포를. 판단력 결핍은

종종 두려움의 근거가 되지.

〔귀더리어스가 클로텐의 머리를 들고 등장〕

아 저기, 네 형이 온다.

귀더리어스 이 클로텐이란 자는 바보였어요, 텅 빈 지갑이죠,

돈이 하나도 들어 있지 않은. 헤라클레스조차

그의 머리를 부수지 못했을 걸요, 왜냐면 머리란 게 없는 놈

이니.

하지만 제가 이러지 않았으면, 이 바보가 들고 있을 거예요

제 머리를, 제가 그자 머리를 들고 있듯이.

벨라리어스 무슨 일을 한 게냐?

귀더리어스 무슨 일인지는 분명하죠. 클로텐이라는 놈의 머리를

잘랐지,

본인 얘기로는 왕비 아들이라는데,

날더러 반역자, 산골 촌놈이라 했고, 맹세를 하더군요

자기 손으로 직접 우리들을 잡아들이고,

우리 머리를 떼어 낸데요―감사합니다, 신들이시여―원래

자리에서,

그리고 런던 위에 걸어 놓겠다는 거예요.

벨라리어스 우린 모두 끝장이다.

귀더리어스 왜요, 훌륭하신 아버님, 우리가 잃을 것이 뭐 있어요

그자가 빼앗겠다고 맹세한 것, 우리 목숨밖에 더 있어요?

법은

우리를 보호해 주지 않아요. 그렇담 왜 우리가 순순히

참아야 하는데요. 그 건방진 살덩이 따위가 겁주고,

판사 및 사형 집행인 행세까지 제 혼자 다해 먹는 것을,

법을 두려워하기 때문인가요? 일당은

근처에 있던가요?

벨라리어스 쥐새끼 한 마리

눈에 띄지 않았다만, 아무리 생각해 봐도

종자 몇은 데리고 왔을 게 분명하잖겠니. 아무리 그의 성질이

변덕스럽기만 하고, 그래, 게다가

더 악화되었단들, 아무리 열을 받고,

아무리 완전 미친놈이라 해도, 그 증상이

여길 혼자 올 만큼 심했을 리는 없다. 비록 혹시나

궁정 소문에 우리 같은 사람들이

여기서 동굴 생활하고, 여기서 사냥하고, 범법자고, 또 조만간

보다 강력한 군대를 일으킬 거라는 얘기가 돌고, 그가 그 얘

길 듣고는—

원래 그런 놈이니까—갑자기 뛰쳐나오고, 맹세를 하고

우릴 잡겠다고 나선 걸 수도 있다만, 그래도 그렇지,

혼자일 수는 없어, 그가 혼자 나설 리도 없고,

나선단들 그들이 그냥 두고 볼 리도 없어. 그렇다면 우리 두

려움의 근거는 타당하지,

이놈 꼬리에 달고 온 게

머리보다 더 위험하지 않을까 걱정하는 거니까.

아비레이거스 운명은

신들이 정하시는 거죠. 그럼에도 불구하고,

우리 형이 잘한 거예요.

벨라리어스 내키지 않는구나

오늘은 사냥이. 피델레 소년 아픈 것 때문에

진작 맥이 빠졌었다마는.

귀더리어스 그놈 자신의 칼로,

그놈은 그걸로 내 목을 겨누었지만, 내가 떼어 버렸어

그놈 대가리를 그놈 몸에서. 이걸 버리고 와야겠다

우리 동굴 뒤 개울에다. 그리고 그것이 바다로 떠내려가면서

물고기들한테 지가 왕비의 아들입네, 클로텐입네 떠들어 대

겠지.

내 관심은 거기까지. 〔클로텐의 머리를 들고 퇴장〕

벨라리어스 복수하러 올 거야.

폴리도어, 그 일을 안 벌였더라면 좋았을 것을, 비록 용기는

너와 썩 잘 어울린다만.

아비레이거스 내가 해치웠더라면 좋았을걸,

그러면 복수가 나만 따라왔을 거 아닌가. 폴리도어,

나는 형을 형으로서 사랑해. 하지만 질투가 치솟아요

내가 해치울 것을 형이 빼앗아 갔잖아. 오 복수는

우리가 힘을 합쳐 대응할 만한 것이었으면, 그것이 우리를

찾아내어

우리의 근성을 시험케 해 주는 것이었으면.

벨라리어스 됐다, 끝난 일이야.

오늘은 사냥을 이만 하자꾸나. 더 이상

이득 없는 위험을 쫓지도 말고. 자, 동굴로 가.

너하고 피델레가 요리를 맡아. 난 여기서

그 성급한 폴리도어가 돌아올 때까지 기다렸다가, 그를

곧장 점심 식탁으로 데려가마.

아비레이거스 불쌍한 환자 피델레!

　기꺼이 그에게 가 볼게요. 그 아이 혈색만 되찾을 수 있다
면,

　한 교구 내 클로텐 수준 멍청이들의 피를 몽땅 뽑겠어.

　그리고 스스로 내 행동을 자선이라 칭송하겠어. 〔동굴 속으로
퇴장〕

벨라리어스 오 그대 여신이여,

　그대 신성한 자연이여, 참으로 그대의 방패 문장이로다

　이 두 소년 왕자는! 그들은 부드럽기

　제비꽃 아래를 스치는 산들바람 같아,

　그 상냥한 머리조차 흔들지 않는다. 그렇지만 격렬하기로
는,

　피가 들끓는다면, 가장 난폭한 바람이

　산 소나무 꼭대기를 잡아채어

　계곡 쪽으로 몸을 굽히게 하는 것과 같아. 놀라운 일이다

　눈에 보이지 않는 본능이 그들을 모양 지어

　배우지도 않은 왕의 위엄을, 가르치지도 않은 명예를,

　누가 보여 주지도 않은 예의를 심어 주다니, 용기는

　경작도 안 했건만 그들 안에 자라나, 수확이

　마치 씨를 뿌린 듯 알차다. 그렇지만 여전히 불안하군

　클로텐이 이리로 온 것이 무슨 뜻인지,

　혹은 그의 죽음으로 우리에게 무슨 일이 벌어질 건지.

　　　　귀더리어스 등장

귀더리어스 동생은 어딨어요?

클로텐의 돌대가리는 개울에 흘려보냈어요
자기 어머니한테 사절로. 나머지 시체는 인질이죠
대가리가 돌아올 때까지.

장엄한 음악

벨라리어스 정교하게 만든 내 악기!—
들어 봐, 폴리도어, 그 소리다. 하지만 무슨 일로
캐드월이 지금 악기를 연주하지? 저 소리!
귀더리어스 동생이 안에 있어요?
벨라리어스 방금 안으로 들어갔어.
귀더리어스 도대체 왜 그러는 거지? 나의 소중한 어머니께서 돌아
가신 이래   .
악기가 연주된 적은 없는데. 온통 비장한 가락은
비장한 사태에 따라야 하는 법. 무슨 일?
하찮은 일로 의기양양하고 장난감 따위로 슬피 우는 건
원숭이 웃음이고 애들 징징대는 건데.
캐드월이 미쳤나?

동굴에서 아비레이거스가 죽은 상태의 이너젠을 팔에 안고 등장

벨라리어스 저기, 그가 나온다.
그리고 무서운 일을 두 팔에 안고 있구나
우리가 공연히 저 아일 비난했어.
아비레이거스 새가 죽었어요
우리가 그토록 사랑하던 새가. 저는 차라리
열여섯에서 예순으로 훌쩍 건너뛰어,

창창한 젊은 날을 지팡이 쭈그렁 날로 바꾸어 버릴래요,

이런 일을 겪느니.

귀더리어스 〔이너젠에게〕 오 너무도 상냥한, 너무도 아름다운 백합!

내 동생한테 안겨 있는 너는

스스로 자라던 너의 반도 안 되는구나.

벨라리어스 오 우울이여,

누가 네 가슴 속 밑바닥을 헤아려 주기나 했겠느냐, 찾아 주었겠느냐

바닷속 보드라운 진흙을, 보여 주었겠느냐 네 작은 배가

우선 정박할 해변을? 축복받은 것,

주피터께서나 아셨으리, 네가 자라나 어떤 어른이 될지는.

하지만 내가 아는 것,

너는 아주 희귀한 소년이로다, 우울 때문에 죽은.

〔아비레이거스에게〕 어떻게 있더냐?

아비레이거스 뻣뻣했어요, 지금처럼,

이렇게 미소 짓는 모습은 마치 파리 한 마리 잠을 간지럽힌 것 같았죠.

죽음이 던진 화살을 비웃는 게 아니라. 오른 뺨을

베개에 누인 자세로요.

귀더리어스 어디에?

아비레이거스 땅바닥에,

팔을 이렇게 한데 모으고. 잠자는 줄 알았어요. 그래서

징 박힌 장화를 벗었죠. 울퉁불퉁해서

발소리가 너무 컸거든요.

귀더리어스 아니, 지금도 그냥 잠든 것 같아.

죽으면 그의 무덤은 침대가 되고

　　　여자 요정들이 그의 무덤을 맴돌 거야,

　　　〔이너젠에게〕 그리고 벌레들이 네게 오지 못하겠지.

아비레이거스 〔이너젠에게〕 가장 아름다운 꽃으로

　　　여름이 지속되고 내가 여기 사는 동안, 피델레,

　　　내가 슬픈 네 무덤을 달콤하게 해 줄게. 얼마든지 갖다줄게

　　　네 얼굴 닮은 꽃, 창백한 앵초, 그리고

　　　푸르른 히아신스도, 그건 네 핏줄을 닮았구나. 그리고, 또

　　그리고

　　　인동덩굴 이파리도, 중상모략 소리 들을까 봐

　　　네 숨결보다 덜 달콤하지만. 울새가

　　　그 자비로운 부리로—오 그건 호되게 꾸짖는 부리이기도 하지

　　　재산을 많이 물려받고도 아버지의

　　　묘비 하나 안 세운 자들한테는—그 새가 이 모든 것을 가져

　　다줄 거야,

　　　아무렴, 그리고 부드러운 털로 덮인 이끼도, 꽃이 하나도 없

　　을 때는,

　　　가져와 네 시신의 겨울 옷 삼아 줄 거야.

귀더리어스 이제, 그만해,

　　　여자처럼 징징거리면 안 되지 이렇게

　　　엄숙한 일에. 그를 묻어 주자구,

　　　어리둥절해서 더 이상 꾸물대다가는

　　　치를 시기를 놓치겠어. 묻어 줘야지.

아비레이거스 그래, 어디다 묻어 줘야지?

귀더리어스 마음씨 고우신 유리필레, 우리 어머니 곁에.

아비레이거스 그러자,

그리고 우리, 폴리도어, 비록 우리 목소리가 지금
변성기지만, 묻으면서 노래를 불러 주자
우리 어머니 때처럼 똑같은 선율과 가사로,
'유리필레'를 '피델레'로 하는 것 말고는.

귀더리어스 캐드월,

난 노래는 못해. 그냥 울면서, 말을 너와 맞출게,
슬픔의 노래가 선율이 어긋나면
거짓말하는 목사나 예배당보다 더 나쁜 거거든.

아비레이거스 말로 하자 그럼.

벨라리어스 커다란 슬픔은, 그보다 못한 걸 치유해 주는 효과가 있
군, 클로텐 일을

완전히 잊고 있었어. 그자는 왕비 아들이었다, 애들아,
그리고 그자가 비록 우리의 적으로 왔지만, 명심하거라
그가 죗값은 치른 것이다. 천한 자든 권세 있는 자든
함께 썩어 같은 먼지로 되지만, 지상의 신분은,
천상의 위계를 따라, 구분하는 것이다,
높은 자리와 낮은 자리를. 우리의 적은 왕족이었어,
그러니 비록 우리의 적이라 네가 그의 목숨을 뺏었을망정,
왕족이니 잘 묻어 줘야 해.

귀더리어스 그럼, 그자를 이리 가져오지.

겁쟁이 테르시테나 용맹한 아이아스나
죽으면 시체 대접은 해 줘야겠지.

아비레이거스 〔벨라리어스에게〕 아버지께서 시체를 가져오시면,

그동안 우리는 노래를 부를게요.

〔벨라리어스 퇴장〕

　　　형, 시작해.

귀더리어스　잠깐, 캐드월, 그 애 머리를 동쪽으로 둬야 해.

　　　아버지가 그러셨잖니.

아비레이거스　맞아.

귀더리어스　자, 그럼, 어서 옮기자구.

아비레이거스　됐어, 시작해.

귀더리어스　이제 걱정 마라 따가운 햇살도.

　　　　　길길이 뛰는 겨울의 분노도.

　　　너는 이 지상의 일을 다 마치고.

　　　　　집으로 돌아가 상을 받았네.

　　　황금의 청년도 소녀들도 모두

　　　굴뚝청소부와 같이, 먼지로 돌아가네.

아비레이거스　이제 걱정 마라, 찌푸린 왕의 얼굴

　　　　　　너는 폭군의 손아귀를 벗어났으니.

　　　이제 염려 마라, 입을 것과 마실 것,

　　　　　너에겐 갈대와 떡갈나무 매한가지니.

　　　왕홀도, 학문도, 의학 지식도

　　　모두 이 길을 따라 먼지가 되나니.

귀더리어스　이제 걱정 마라 번쩍이는 번갯불도,

아비레이거스　누구나 무서운 벼락도.

귀더리어스　걱정 마라 중상모략도, 성급한 비난도.

아비레이거스　기쁨과 신음 모두 끝났으니.

귀더리어스와 아비레이거스　온갖 젊은 연인들, 온갖 연인들 모두

　　　　　　　　너를 따라 먼지가 되리니.

귀더리어스 어떤 심령술사도 너의 영 불러내지 않고,
아비레이거스 어떤 마법도 널 홀리지 않지.
귀더리어스 떠도는 유령들 너를 삼가지.
아비레이거스 나쁜 것은 일체 네 곁에 오지 못하지.
귀더리어스와 아비레이거스 적멸을 맞으라,
　　　　　　　　　　그리고 너의 무덤 명성 있으라.

　　　　　　벨라리어스가 포스튜머스 옷을 입은 클로텐 시체와 함께 등장

귀더리어스 장례식을 마쳤어요. 이제, 그자를 내려놓으세요.
벨라리어스 꽃이 적구나, 하지만 한밤중 무렵 더 따오도록 하자.
　　　차가운 밤이슬에 적신 약초가
　　　지상의 무덤에 뿌리기는 제일 적당하지.
　　　너희들은 꽃 같았으나, 이제 시들었구나. 마찬가지로다
　　　이 꽃들도, 우리가 너희한테 뿌려 준다마는.
　　　가자, 이제 무릎 꿇은 마음으로.
　　　　　〔　　　　　　　　　　　　　　　〕
　　　생명을 준 땅이 다시 그들을 받아주는구나.
　　　이승의 기쁨은 사라졌으나, 그들의 고통 또한 그렇다.

　　　　　　벨라리어스, 아비레이거스, 그리고 귀더리어스 퇴장

이너젠 〔깨어난다〕 예, 선생님, 밀포드 항구로요. 어느 쪽 길이요?
　　　고맙습니다. 저쪽 숲 옆으로요? 근데, 저기까지 얼마나 되
　　　죠?
　　　맙소사, 아직 6마일이나 더 가야 한다구요?
　　　밤새 걸었는데. 정말, 누워서 잠을 좀 자야겠어요.

〔그녀가 클로텐을 본다〕

잠깐, 안 돼, 누가 내 곁에 누웠어! 오 신과 여신 들이시여!

이 꽃들은 세속의 즐거움 같고,

이 피투성이 사내는 그 위에 얹힌 슬픔 같군요. 꿈일 거야,

난 정직한 사람들한테

관리자 겸 요리사 노릇을 한다고 생각했었는데. 그게 아니
네.

그건 공허의 화살일 뿐, 공허가 쏜 화살,

두뇌가 위장의 거품으로 만든 공허한 상상의. 우리의 눈도

때로는 우리의 판단력과 같이, 눈먼 눈이구나. 정말,

아직도 두려움에 살이 떨리네. 하지만 만일

여태 하늘에 남은 자비의 방울이 너무 작아서

굴뚝새 눈알만 할망정, 무서운 신들이시여, 그 일부라도 내
려 주소서!

여전히 꿈이야. 내가 깨어나도

내 바깥이 내 안 같으니. 상상이 아니고, 느껴지는 데도.

머리가 없네? 포스튜머스 옷이잖아?

내가 아는 그의 다리 모양이야. 이 손은 그의 손,

머큐리 신을 닮은 그의 발, 전쟁에 걸맞는 그의 허벅지,

헤라클레스를 닮은 그의 근육이다. 하지만 주피터 신을 닮
은 그의 얼굴은—

하늘에서 살인이! 어떻게? 머리가 사라졌어. 피사니오,

미쳐 버린 헤큐바가 그리스인들한테 퍼부었던 온갖 저주가,

거기에 나의 저주까지 합쳐, 네놈에게 가서 꽂혀라! 네놈
이,

그 막돼먹은 악마 클로텐과 짜고,
여기서 내 주인의 목을 잘랐구나. 읽는 것과 쓰는 것
차후로 모두 거짓말이로다! 저주받을 놈 피사니오가
그의 가짜 편지로―저주받을 놈 피사니오―
세상에 가장 찬란한 이 선박의
돛대 꼭대기를 강타해 버렸어! 오 포스튜머스, 아아,
당신 머리는 어디 있어요? 어디 있는 거예요? 아 이런, 어
디 있어요?
피사니오가 당신 가슴을 찌르고
머리는 그냥 두어도 되었을 텐데. 어떻게 이럴 수가 있지?
피사니오?
그놈하고 클로텐이야. 그자들의 양심과 욕심이
여기 이 비탄을 저질러 놓은 거야. 오, 분명해, 분명하다구!
그자가 약을 내게 주었지, 귀한 약이고
내 몸에 회복제로 좋을 거라고 했지만, 먹어 보니
감각이 죽은 듯 마비됐었잖아? 그러니 의심할 여지가 없어.
이건 피사니오 짓이야, 그리고 클로텐의―오,
당신의 피로 내 창백한 뺨에 색칠을 해 줘요,
그러면 우리가 더 위협적으로 보이겠죠
어쩌다 누가 우리를 보더라도!

〔그녀가 얼굴에 피를 문지른다〕

오 나의 주인, 나의 주인님!

〔그녀가 기절한다〕

루치우스, 로마 지휘관들, 그리고 점쟁이 등장

한 로마 지휘관 〔루치우스에게〕 거기에 덧붙여 갈리아 주둔군이

    사령관님 명 받잡고 바다를 건너와, 대기 중입니다

    여기 밀포드 항구에서 사령관님 함대와 합류한 상태로.

    모두 만반의 준비가 끝났습니다.

루치우스 그리고 로마로부터는?

한 로마 지휘관 원로원이 고무시켰습니다, 이탈리아의

    거주자와 상류층 자제들을, 아주 기꺼이 응한 사람들이니

    고결한 전공을 올릴 것입니다. 그리고 그들을 지휘하는 것은

    용감한 쟈코모,

    시에나 공작의 동생입니다.

루치우스 언제 도착할 것 같은가?

한 로마 지휘관 순풍이 부는 대로 즉시 출발할 겁니다.

루치우스 준비가 이리 신속하니

    우리의 전도는 양양하다. 우리의 현재 병력을

    집합시키라, 지휘관들에게 명을 전달하라.

        〔한두 명 퇴장〕

    〔점쟁이에게〕 말해 보시오, 선생,

    최근 이 전쟁의 결과에 대해 어떤 꿈을 꾸셨소?

점쟁이 어젯밤 신들께서 직접 제게 계시를 주셨습니다ㅡ

    제가 단식을 하고, 신들의 현몽을 빌었지요ㅡ그 내용은,

    주피터 신의 새, 로마의 독수리가, 날아왔습니다

    음습한 남쪽에서 서쪽 이곳으로 날아와

    햇빛 속으로 사라지더이다. 이것이 예고하는 바는,

    내가 죄를 지어 잘못 해석한 게 아니라면,

    로마군의 승리입니다.

루치우스 자주 그런 꿈 꾸기 바라오,

　　결코 거짓되게 꾸지 마시고.

　　　　　〔그가 클로텐의 시체를 본다〕

　　잠깐, 호, 이게 무슨 몸통이냐

　　머리는 없고? 남은 것만 보아도 한때는

　　훌륭한 신체였겠구나. 이건, 시동?

　　그 위에 엎어져 죽었나 아니면 잠이 들었나? 하지만 죽었겠

지.

　　산 사람이면 의당 꺼리겠지, 죽은 이와의

　　동침을. 그 위에 엎어져 잘 리도 없고.

　　소년의 얼굴이나 보세.

한 로마 지휘관 살아 있습니다, 사령관님.

루치우스 그럼 그가 이 시체에 대해 알리라. 젊은이,

　　어찌된 연유인지 알려 다오. 보아 하니

　　물어보지 않을 수가 없구나. 이 사람은 누구인데

　　네가 피 묻은 베개 삼아 베고 있는 거냐? 혹은 그가 누구였

길래

　　고결한 자연의 작업과 다르게,

　　훼손하였더냐, 그 훌륭한 그림을? 너는 무슨 관계인가

　　이 슬픈 파멸과? 어떻게 이런 일이? 그는 누구냐?

　　너는 누구인가?

이너젠 전 아무것도 아닙니다. 혹은 그게 아니라면,

　　아무것도 아닌 게 더 나았을 사람이지요. 이분은 제 주인이

셨어요.

　　매우 용감한 브리튼인이었죠. 그리고 훌륭한 분이셨는데,

이렇게 산사람들에 의해 살해당해 누워 계십니다. 아아,

이런 주인님은 다시 없을 거예요. 아무리 제가

동쪽에서 서쪽으로 돌아다니며, 모실 주인을 찾고,

여러 분을 모셔 보고, 모두 좋은 분이란들. 아무리 성실하게 모신단들, 결코

이런 주인님 다시 찾을 수 없을 거예요.

루치우스 불쌍하구나, 훌륭한 청년,

네 한탄의 말이 피 흘리는 너의 주인

못지않게 내 마음을 움직이는구나. 그의 이름을 말하라, 착한 친구.

이너젠 벌판의 리차드입니다. 〔방백〕 비록 거짓말이지만

악의 없는 거짓말이니, 신들께서 들으시더라도 설마

용서하시겠지. 〔큰 소리로〕 뭐라셨지요, 장군님?

루치우스 네 이름은?

이너젠 피델레라고 합니다.

루치우스 너는 네 이름 뜻 그대로구나.

네 이름은 너의 충성 그대로고, 너의 충성은 너의 이름 그대로야.

나와 함께 가지 않겠나? 장담하지 않겠다,

그렇게 좋은 주인이 되겠다고는, 그러나 내 분명 약속하노니,

그에 못지않은 사랑을 너에게 줄 것이다. 로마 황제가

집정관을 통해 보낸 추천장도 발하지 못하리라,

네 자신의 가치가 발하는 효력을. 나와 함께 가자.

이너젠 따르겠습니다, 장군님. 하지만 우선, 신들께서 괜찮으시

다면,

　제 주인을 파리한테 시달리지 않게끔 묻어 드려야겠어요

　제 연약한 이 두 곡괭이로 팔 수 있는 만큼은. 그리고

　야생 나무 입사귀와 잡초로 이분 무덤 덮어 주고

　기도를 한 백 번,

　제가 할 수 있는 만큼 올리고, 그때마다 두 번 울고 한숨짓

고,

　그렇게 제 주인께 할일을 마치고, 장군님을 따르겠습니다.

　그렇게 저를 받아 주소서.

루치우스 그리하겠다, 훌륭한 청년,

　그리고 네 주인이 되느니 아버지가 되어 주마. 나의 친구들,

　이 소년이 우리에게 인간 본연의 의무를 가르쳐 주는구려.

우리가

　찾아 줍시다, 가능한 가장 양지바른 무덤 터를,

　그리고 만들어 줍시다 그에게, 우리의 투창과 찌르기창으

로,

　무덤 하나를. 어서, 이분을 들어 올려라. 소년, 이분은

　너로 인하여 우리 편이 되었고, 매장은

　군인의 예우로 치러질 것이다. 기운을 내거라. 눈물을 닦아.

　어떤 때는 화가 복으로 바뀌기도 하나니.

　　　클로텐의 시체와 함께, 모두 퇴장

4막 3장

브리튼, 심벨린 궁전

심벨린, 대신들, 그리고 피사니오 등장

심벨린 다시 한 번 가서, 왕비가 어떠신지 보고 오거라.

〔한두 명 퇴장〕

아들의 행방불명으로 인한 열병,

그 광증으로 왕비 목숨이 위험하다—하늘이시여,

참으로 심한 고통을 내게 한꺼번에 안기시는도다! 이너젠은,

내게 커다란 위안이었건만, 사라졌고. 나의 왕비는

절망적인 침상에 누웠고, 하필이면

무시무시한 전쟁이 코끝에 와 있는 이때. 왕비 아들도 사라졌다.

지금 그토록 필요한 인물인데도! 너무나 타격이 커서

위안의 희망이 보이지 않는구나. 〔피사니오에게〕 하지만 너, 이놈,

너는 공주가 떠난 것을 알고 있음이 분명한데도

그토록 모르쇠로 일관하니, 강제로라도 알아야겠다,

혹독한 고문으로.

피사니오 폐하, 제 목숨은 폐하의 것이옵니다.

그것을 제가 겸허히 폐하 뜻에 맡기옵니다. 하지만 아씨마

님에 대해서는,

　전 아무것도 모릅니다. 어디 머무시는지, 왜 떠나셨는지,

　언제 돌아오실 생각인지, 전혀 모릅니다. 부디 바라옵건대,

　저를 폐하의 충성스런 하인으로 여겨 주소서.

한 대신　훌륭하신 폐하,

　공주님께서 사라지신 날 저 사람은 이곳에 있었습니다.

　아무래도 그의 말은 진실인 듯하옵고, 하인으로서 온갖 역할도

　그는 충심으로 다하고 있다는 생각입니다. 클로텐에 대해서는,

　백방으로 수소문하고 있사오니

　반드시 찾아내고 말 것입니다.

심벨린　긴박한 시간이로다.

　〔피사니오에게〕 짐이 널 잠시 놓아준다만, 짐은 의심의 눈초리를

　거두지 않을 것이다.

한 대신　하여 아뢰옵건대 폐하,

　로마 군대가, 모두 갈리아에서 소집되어,

　폐하의 해변에 상륙하였고 지원병도

　로마 상류층 자제로 원로원이 조직하여 보냈사옵니다.

심벨린　그야말로 내 아들과 왕비의 조언이 필요한 때인데!

　일이 너무 정신없이 돌아가는구나.

한 대신　훌륭하신 폐하,

　폐하께서 대기시킨 병력으로

　방금 말씀드린 군대와 능히 대적하실 수 있나이다. 더 온다
하더라도, 그만큼의 아군이 또 있고요.

필요한 것은 오로지 전투를 지휘할 사령관뿐

아군 병사들은 모두 전투를 원하고 있나이다.

심벨린 고맙소. 이만 모임을 파하고,

시국의 요구에 대처합시다. 짐은 두려워하지 않소

이탈리아가 우리에게 끼칠 수 있는 해악을. 다만

여기 사정이 유감스러울 뿐이오. 갑시다.

심벨린과 대신들 퇴장

피사니오 주인님한테 편지를 통 받지 못했네

이너젠을 살해했단 편지를 내가 보낸 이래로. 이상하군.

아씨마님도 깜깜 무소식이고, 분명 약속을 하셨는데

종종 연락을 주시기로. 모르겠는 건

클로텐에 관한 사항도 마찬가지고, 이거야 원

정말 뭘 해야 할지 도통 모르겠군. 여전히 하늘에 맡겨야겠지.

난 거짓말하는 그 대목이 바로 정직한 대목이야. 불충은, 충

성을 위해서라고.

이번 전쟁에서 내가 조국애를 발휘

폐하의 눈에 띌 정도가 되거나, 아니면 전사하거나 둘 중 하

나다.

다른 온갖 의구심은, 시간이 해결해야지 어쩌겠어.

운명은 키잡이 없는 배를 입항시키기도 하니까.

퇴장

4막 4장
웨일즈, 벨라리어스 동굴 앞

벨라리어스, 귀더리어스, 그리고 아비레이거스 등장

귀더리어스 주변이 온통 전쟁터야.

벨라리어스 피하자구나.

아비레이거스 무슨 재미로, 아버지, 살겠어요, 문을 꼭꼭 잠그고
　　　행동과 모험을 피한다면?

귀더리어스 아니죠, 무슨 희망이
　　　있어요, 숨는단들? 이러면 로마인들이
　　　우릴 브리튼인이라고 죽이거나, 아니면
　　　야만적이고 무도한 반란군으로 간주,
　　　부려 먹을 만큼 부려 먹다가, 나중에 죽일 텐데요.

벨라리어스 아들들아,
　　　산 위로 더 올라가자. 그래야 안전해.
　　　폐하의 군대에 가담할 수가 없어. 바로 얼마 전
　　　클로텐이 죽었기 때문에―우릴 아는 사람도 없고, 우리가 군에
　　　소집된 것도 아니잖니―우리한테 설명을 요구할지도 몰라
　　　어디서 살았는지, 그런 식으로 우리한테서 쥐어짜 내는 수

가 있다구
　　　우리가 한 짓을. 그렇게 되면 우린 죽음이야
　　　고문으로 질질 늘어진.

귀더리어스 그건, 아버지, 그런 의심은
　　　이런 시기 아버지한테 어울리지 않고
　　　우리도 불만이에요.

아비레이거스 그럴 것 같지는 않아
　　　로마병의 말 울음소리가 지척이고,
　　　질서정연한 로마군 대열이 눈에 보이고, 두 눈과
　　　두 귀를 모두 중차대한 일에 차압당한 터에
　　　그들이 우리를 살피는 데 시간을 낭비할 리 없어,
　　　어디서 왔는지 물을 겨를은 물론이고.

벨라리어스 오, 나를 아는
　　　이들이 군에 많단다. 오랜 세월이 지났고,
　　　클로텐은 그때 어린애였지만, 너희도 보았듯, 그가
　　　내 기억 속에 닳아 없어지지 않았잖느냐. 그리고 더군다나,
　　폐하는
　　　나의 충성도 너희의 사랑도 받을 자격이 없는 분이다,
　　　나를 쫓아냈으므로 너희들이 제대로 교육을 못 받았잖느냐,
　　　교육이야말로 이 험난한 인생의 확실성인데. 맞아, 희망을
　　앗아 갔어
　　　요람이 약속했던 그 세련된 삶의 가망을 빼앗고,
　　　여름날 뜨거운 햇살에 얼굴 무두질 당하는 신세. 그리고
　　　겨울의 움추리는 노예 신세로 영영 낙인찍었다구.

귀더리어스 그렇게 사느니,

차라리 안 살고 말겠어요. 제발, 아버지, 우리 입대를 해요.
저와 제 동생은 아무도 모를 테고 아버지는
그들 생각 밖인데다. 수염 더부룩한 노인이시니,
누가 물어볼 리 없어요.

아비레이거스 빛나는 저 태양에 맹세코,
난 그리로 가겠어. 도대체 내 꼴이 이게 뭐야 한번도
사람 죽는 거 본 일 없고, 그나마 피를 본 거라고는
겁쟁이 토끼, 발정한 염소, 그리고 사슴 잡은 게 고작이니,
말을 탔단들, 기껏 장화에 박차 톱니바퀴도
말발굽에 쇠징도 없는 꼬라지였으니! 난 창피해요
저 거룩한 태양을 쳐다보기가, 축복받은
그 광선의 은총을 누리기가, 그러기에는
너무나 오랫동안 비천한 무명 신세였거든.

귀더리어스 하늘에 맹세코, 나도 가겠어.
제게 축복을 내리시고, 아버지, 허락해 주신다면,
몸조심을 더하겠어요, 하지만 그리 안 해 주실 양이면,
불효에 따른 위험이 나를 덮치게 하소서
로마인의 손에 의해.

아비레이거스 나도 마찬가지, 아멘.

벨라리어스 명분이 없구나 나도, 너희 목숨을 너희가
그토록 미미한 일에 거는데, 내가 어떻게
내 망가진 몸을 사릴 수 있겠니. 가자, 아들들아!
너희들이 조국의 전쟁에서 죽게 된다면,
그곳이, 또한, 나의 침대다. 애들아, 그곳에 나도 누울 테다.
앞장서거라, 앞장서. [방백] 오래 걸린 거지. 그들의 피가 스

스로를 경멸타가

비로소 뛰쳐나와 그들 태생이 왕자라는 걸 과시하려는 게
야.

　　모두 퇴장

제5막

전 이제껏 본 적이 없습니다
그토록 고결한 분노의 그토록 초라한 차림을,
그토록 소중한 행위를 한 사람의 외양이
거지꼴에 옹색한 표정뿐인 경우를.

5막 1장

브리튼, 로마군 진영

이탈리아 신사 차림의 포스튜머스 등장, 피투성이 옷을 들고 있다.

포스튜머스 그래, 피투성이 옷, 내가 널 간직하리라, 한때 나의 소망이

너는 이렇게 색칠되어야 한다는 거였으니까. 결혼한 사내들이여,

그대들 각각이 이 같은 조치를 취한다면, 얼마나 많은 남편들이

죽이겠느냐, 자기보다 훨씬 더 나은 아이들을

단지 조금 빗나갔다는 이유로! 오 피사니오,

훌륭한 하인이라면 누구나 주인 시키는 대로 그냥 하지 않고

올바른 명만 따르는 법. 신들이시여, 신들께서

저의 잘못을 벌주셨다면, 전 결코

살아서 이 짓을 안 했을 텐데요. 그렇게 신들께서는

고결한 이너젠을 살려 참회할 기회를 주시고, 죽음은

저한테, 이 비참한 놈한테 내려야 더 마땅한 벌이었지요, 하지만 아아,

신들은 사소한 잘못을 이유로 데려가시기도 한다. 그것이

사랑의 징표지,

　더 이상의 잘못을 막아 주겠다는. 반면 그냥 놔두기도 하지

　죄악이 갈수록 더 나쁜 죄악을 쌓아 가게끔,

　그리고 천벌을 두려워하게끔, 그게 은총이야.

　하지만 이너젠은 당신들의 것. 신들의 축복받은 뜻대로 하

소서,

　그리고 이 몸 축복받아 그 뜻 따르게 하소서. 내가 이리로

실려 온 것은

　이탈리아 상류층 자제들 틈에 섞여, 싸우기 위해서랍니다

　내 여인의 왕국에 맞서. 충분하다

　브리튼이여, 내가 그대의 걸작 여인을 죽인 것으로.

　난 네게 아무 상처도 주지 않으마. 그러니, 인자하신 하늘이

시여,

　제 말을 끝까지 들어 주십시오. 나는 벗겠습니다

　이 이탈리아 의상을, 그리고 복장을

　브리튼 농부처럼 하겠습니다.

　　　　〔그가 옷을 벗는다〕

　그렇게 저는 싸울 것입니다

　내가 함께 왔던 편과 그렇게 나는 죽겠소

　그대를 위해, 오 이너젠, 바로 그대 때문에 내 목숨은

　매번 숨 쉴 때마다 죽음인 것을. 그리고, 이렇게 무명으로,

　동정도 미움도 사지 않는 채, 위험의 정면에

　내 몸을 바치리다. 사람들이 알게 되리라

　내 초라한 행색 안에 든 엄청난 용기를.

　신들이시여, 리오네이터스 가문의 힘을 제게 불어넣어 주소

서.

　세상의 습속을 비웃으며, 내가 시작하겠습니다
　유행을─ 복장보다 내면이 더 훌륭한 풍습을.

　　퇴장

5막 2장

브리튼, 브리튼군과 로마군 진영 사이 벌판

행진. 루치우스, 쟈코모, 그리고 로마군이 한쪽 문으로, 그리고 브리튼군, 그리고 그 뒤로 초라한 병사 차림의 포스튜머스가 다른 쪽 문으로 등장. 그들이 무대를 가로지르며 행군하고 퇴장한다. 전투 경보. 그런 다음 쟈코모와 포스튜머스가 맞붙어 싸우며 다시 등장. 포스튜머스가 쟈코모를 제압하고 무장을 해제시킨 후 내버려두고 퇴장.

쟈코모 내 가슴에 무거운 죄의식이

내 사내다움을 부숴 버리는구나. 나는 중상모략을 했어, 한 여인,

이 나라의 공주를, 그러니 이 나라의 공기조차

복수하듯 날 기운 빠지게 만드는 거지. 그렇지 않고서야 일 개 촌부가,

자연의 노예라 할 그자가, 날 누를 수 있겠는가

칼싸움은 내 직업인데? 기사 작위와 명예도

내 꼴이 되면 단지 경멸의 칭호일 뿐이다.

그대 상류층이, 브리튼이여, 이 시골뜨기

우리네 귀족들 뺨치는 바로 그만큼 이자보다 더 잘 싸운다 면, 이상하구나

우린 인간 이하고 너희들은 신이라는 얘기 아니냐.

퇴장

5막 3장

장면 계속

전투 계속. 난투. 퇴각을 알리는 트럼펫 소리. 브리튼 병사들 달아나고, 심벨린이 사로잡힌다. 그런 다음 그를 구하러 벨라리어스, 귀더리어스, 그리고 아비레이거스 등장

벨라리어스 물러서지 마라, 물러서지 마, 이제 우리 형세가 유리하다.
　　　좁은 통로를 장악했으니. 우리를 패주케 할 것은 오로지
　　　　흉악한 비겁뿐.
귀더리어스와 아비레이거스 물러서지 마, 버티고, 싸워.

초라한 병사 차림의 포스튜머스 등장, 브리튼인들을 돕고, 그들이 심벨린을 구출하여 퇴장

5막 4장

장면 계속

　　　　　　퇴각을 알리는 트럼펫 소리, 그런 다음 루치우스, 쟈코모, 그리고
　　　　　　이너젠 등장

루치우스　〔이너젠에게〕 떠나거라, 얘야, 부대를, 그리고 네 목숨을
　　　구해.
　　　　　아군이 아군을 죽이는 지경이니, 어찌나 혼란스러운지
　　　　　마치 전쟁이 눈가리개를 한 것 같구나.
쟈코모　저들의 새로운 지원군입니다.
루치우스　일이 이상하게 꼬이는군. 서둘러
　　　　　병력을 보충받든가, 달아나든가 해야 할 판이군.

　　　　　　모두 퇴장

5막 5장
장면 계속

초라한 병사 차림의 포스튜머스, 그리고 브리튼 귀족 한 명 등장

귀족 맞서 싸우던 쪽에서 왔는가?

포스튜머스 그렇습니다.

　　하지만 나리께서는, 도망친 쪽인 것 같은데요?

귀족 맞아.

포스튜머스 비난받을 일은 아니죠, 나리, 전멸 상태였으니까요.

　　하늘이 대신 싸워 주셨다고 봐야죠. 왕께서도

　　양쪽 날개를 잘리시고, 군대가 와해되고,

　　보이는 건 브리튼 병사들의 등뿐이었죠. 모두 달아났으니까

　　좁은 길을 따라서 말예요. 적군은 의기양양,

　　학살에 겨운 혀를 축 늘어뜨리고, 왜냐면

　　무기로 다 죽일 수 없을 만치 많았어요. 그래서 일부는

　　치명적으로 당하고, 일부는 가벼운 상처를 입고, 일부는

　　단지 겁에 질려 쓰러지고, 그 좁은 길은 꽉 막혔지요

　　도망치다 등을 찔린 자들, 그리고 치욕의 삶을

　　연장하다 죽을 겁쟁이들로.

귀족 그 길이 어디인가?

포스튜머스 전쟁터 바로 옆이었어요, 도랑을 파고, 잔디로 막은.

그 길이 유리했습니다, 한 노병에게는,

진실한 분이었죠, 정말, 자격이 있었어요

흰 수염 생애만큼을 앞으로 더 사실 수 있는,

그만큼 조국에 대한 이번 전공은 대단했어요. 좁은 길을 가로막았죠

그분이 애송이 두 명과 함께—이 청년들은

그런 학살보다는 땅뺏기 놀이에 더 신경을 쏟을 법한 나이였어요.

얼굴은 숙녀용 가리개가 더 어울릴, 아니 차라리 더 아름다웠지요,

보호 혹은 정숙을 위해 가려진 얼굴들보다—

이 셋이 길을 확보하고는, 고함을 치는 거예요, 달아나는 사람들한테

'우리 브리튼의 수사슴들은 달아나다 죽을망정, 브리튼인은 그렇지 않다.

어둠을 향해 돌진하는 것은 뒤를 향해 달아나는 자들이야. 물러서지 마라,

아니면 우리가 로마인 대신 너희들에게 죽음을 안기겠다,

비겁하게 피했으니 짐승 같은 죽음을, 살려 주리라

오로지 몸을 돌려 적을 노려보는 자들만. 물러서지 마라, 물러서지 마.' 이 세 사람이,

3천 배의 자신감으로 뭉쳐, 3천 명만큼 해냈어요—

왜냐면 세 사람이 전체 부대였고 나머지

모두는 아무것도 못했으니까요—'물러서지 마라, 물러서지

마' 그 말과 함께,

　지형이 돕고, 그보다 더

　그들의 고결함이 다른 이들한테 주문을 걸은 듯, 그 능력이

　물레가락을 창으로 바꾸고, 창백한 얼굴에 피가 돌게 할 것

같았습니다.

　일부는 수치심에, 일부는 용기가 새로워져서, 그 사람들은,

비겁자가 된 게

　오로지 남 따라 그리된 것이므로—오, 전쟁에서 그건 죄지,

　최초 시작으로 저주받는 거고!—보기 시작했어요

　세 사람 쪽을, 그리고 이빨을 드러내고 사자처럼

　사냥꾼 창에 으르렁대기 시작했죠. 그러다 시작됐죠,

　추적자들의 머뭇댐과, 퇴각이. 곧

　패주하면서, 엄청난 혼란이 빚어지고, 즉시 그들이 달아났

어요

　독수리처럼 내리치던 그 길을 병아리들처럼.

　승리의 발걸음으로 왔으나 노예처럼 뒷걸음질 치는 거였죠.

그리고 이제는 우리쪽 겁쟁이들이,

　힘든 여행 중 남은 음식 조각처럼,

　위기의 순간 극히 중요해지는 거예요. 방비 없는 가슴의

　뒷문이 열린 것을 보고는, 놀라워라, 얼마나 달겨들고 쑤셔

대던지!

　죽은 거나 다름없던 자들, 죽어 가던 자들, 방금 전 공격 때

는

　한 명한테 열 명이 쫓기던 그런 자들이,

　이제는 한 사람 당 스무 명씩 도륙을 내더라니까요.

저항을 하느니 차라리 죽겠다던 자들이

전장의 치명적인 공포로 돌변한 거죠.

귀족 거 참 이상한 일도 다 있군.

좁은 길에, 노인 한 명, 그리고 소년 둘이라니.

포스튜머스 아니, 놀랄 건 없죠. 그렇지만 나리께서는 체질이

들은 것에 놀라는 일이

뭘 직접 하는 것보다 더 맞는 편이시라. 시라도 지어 보실랍니까,

조롱을 운율 삼아? 이를테면,

'두 소년, 그리고 두 번째 어린 시절을 맞은 한 노인, 좁은

길 하나,

브리튼을 지켰다네, 로마의 재난이었다네.'

귀족 아니, 화내지 말게, 자네.

포스튜머스 저런, 무슨 소용이 있다고요?

자신의 적과 맞서지 못하는 사람을, 난 내 친구로 삼을 거예요.

그가 그 자신 생겨먹은 대로 행동한다면,

얼마 안 가 내 우정도 팽개치고 달아날 테니까요.

이 운율은 나리 때문입니다요.

귀족 난 가네. 자넨 화를 내고 있어. 〔퇴장〕

포스튜머스 역시나 도망이냐? 이게 귀족이야? 오 고결한 궁상이

로다,

전쟁터에 있으면서 나한테 '어떻게 되었나?' 묻다니!

오늘 얼마나 많은 사람들이 기꺼이 명예를 버리고

송장 살릴 길을 찾았겠는가─살려고 달아났지만,

결국 죽을 것을! 나는, 내 자신의 슬픔에 취해,

죽음을 찾을 수 없었다 그 신음 소리 들었건만,

느낄 수 없었어, 날 강타하는 죽음을. 추악한 괴물이건만,

이상하게도 죽음은 몸을 숨기지 깨끗한 잔 속에, 부드러운 침대 속에,

상냥한 말 속에, 혹은 다른 대리인들이 우리보다 더 많지,

칼을 뽑아 전쟁을 치르는 우리보다 더. 좋아, 내가 죽음을 찾아내겠다.

지금은 죽음이 브리튼인에게 더 호의적이니,

난 더 이상 브리튼인이 아니고, 다시 택한다.

내가 이리로 왔던 편을. 난 더 이상 싸우지 않고,

항복하겠다 설령 하찮은 촌부가

내 어깨를 건드리기만 하더라도. 엄청난 학살을

로마군이 여기서 자행했어. 분명 엄청난 보복을

브리튼인들이 가하겠지. 나는, 내 몸값이 죽음이니,

어느 쪽에서든 내 목숨을 버리면 되는 거야,

이승에서는 목숨을 부지하기도 다시 지고 다니기도 싫으니,

이너젠을 위해 어떻게든 죽으면 되는 거니까.

> 브리튼 지휘관 두 명과 병사들 등장

첫 번째 지휘관 위대한 주피터께 찬미를, 루치우스가 사로잡혔다.

그 노인과 그 아들들은 천사였다는 얘기가 돌고 있어.

두 번째 지휘관 네 번째 사내도 있었대요, 시골뜨기 행색으로,

그들과 함께 과감히 맞섰다던데요.

첫 번째 지휘관 나도 그렇게 들었어,

하지만 모두 행방이 묘연하다고. 서라, 누구냐?

포스튜머스 로마인이오,

여기서 비실대고 있지는 않았을 거요, 병력이

뒤를 받쳐 주었다면.

두 번째 지휘관 〔병사들에게〕 저놈을 잡아라, 개 같은 놈!

로마군의 다리 하나도 본국에 돌아가

여기서 어떤 까마귀가 살을 파먹었는지 보고하지 못할 것이

다. 전공을 허풍 떠는 꼴이

제법 높은 자리에 있었다는 투로군. 왕께 데려가라.

화려한 취주. 심벨린과 그 수행원들, 벨라리어스, 귀더리어스, 아
비레이거스, 피사니오, 그리고 로마군 포로들 등장. 지휘관들이
포스튜머스를 심벨린 앞에 대령시키고, 심벨린이 그를 간수에게
넘긴다. 포스튜머스와 두 명의 간수만 남고 모두 퇴장. 간수가 그
의 다리에 족쇄를 채운다.

첫 번째 간수 이제 도망은 못 치겠지. 족쇄를 찼으니,

풀밭이 있으면 뜯어 먹으시지.

두 번째 간수 그래, 혹은 식욕이 있거나. 〔간수들 퇴장〕

포스튜머스 정말 반갑구나, 구속이여, 왜냐면 너는 길이다,

내 생각에, 자유로 가는. 하긴 내가 더 낫지

통풍 앓는 사람보다는, 왜냐면 그는 차라리

평생 끙끙 신음 소리만 내지 치료받지 못해

확실한 의사, 죽음의 치료는, 그리고 죽음이야말로 열쇠라

구,

이 족쇄를 푸는. 나의 양심이여, 네가 묶여 있도다

내 다리와 손목보다 더. 그대 착하신 신들이시여 내게 주소
서

그 참회의 도구를 주어 이 걸쇠를 따고

영원히 자유롭게 하소서. 미안한 마음으로 충분합니까?

그렇게 아이들을 지상의 신부들은 안심시키지만

신들은 더 자비로우시겠지요. 제가 회개해야 한다면,

저는 더 잘할 수 있어요

원하는 족쇄를 찼을 때, 강요된 족쇄 속에서보다는. 속죄를
위해,

만일 그것이 제가 죄에서 풀려나는 데 가장 중요한 요소라
면,

부디 저의 전액을 환불받으소서.

신들은 더 자비로우십니다, 사악한 인간이나

파산한 채무자들에게 삼분의 일,

육분의 일, 십분의 일만 받고, 다시 장사를 하게 하는 거죠

줄여 준 액수를 밑천으로. 그건 제가 바라는 바가 아닙니다.

이너젠의 소중한 목숨 값으로 제 목숨을 가져가십시오, 그
리고 비록

이 목숨이 그리 값나가지 않는다고는 하나, 그래도 목숨입
니다. 신들께서 만드셨으니까요.

인간 사이 거래에서는 모든 화폐 무게를 재지 않습니다.

가볍더라도, 거기 새겨진 왕의 초상으로 값을 쳐주는 거죠.

신들께서도 절 그리 쳐주십시오, 당신 모습대로 절 만드셨
으니까요. 그리고 그렇게, 위대한 분들이여,

당신들이 결산을 하실 것이면, 이 목숨을 가져가소서.

그리고 이 차가운 계약을 폐해 주소서. 오 이너젠,
난 그대에게 침묵으로 말하겠소!

> 그가 잠든다. 장중한 음악. 유령 모습의 시실리어스 리오네이터스
> (포스튜머스의 아버지, 노인)가 전사 복장으로 그의 아내(포스튜
> 머스의 어머니, 나이 든 부인)를 손잡고 이끌며, 음악을 앞세워 등
> 장. 뒤 이어 다른 음악이 연주된 후, 두 아들 리오네이터스(포스튜
> 머스의 형들, 둘 다 전장에서 입었던 상처가 그대로 있다)가 등장.
> 그들이 잠자고 있는 포스튜머스를 둘러싼다.

시실리어스 더 이상, 그대 천둥의 주인이시여, 부리지 마소서
　　　심술을, 파리 목숨인 인간에게.
　　　마르스와 싸우시든, 주노와 말다툼하시든,
　　　당신의 간통을
　　　나무라고 복수하는 그녀를 오히려 꾸짖으시든.
　　　불쌍한 우리 아이가 무슨 나쁜 짓을 했단 말입니까,
　　　　　저는 그 애 얼굴도 보지 못했습니다만?
　　　제가 죽은 건 그가 지 어미 배 속에서
　　　　　자연의 명을 기다리고 있을 때였죠,
　　　그렇다면 그 애 아버지가―사람들 말이
　　　　　당신이 고아의 아버지라고 하니까요―
　　　되어 줘야 하셨지요. 그리고 그 애 방패가 되어
　　　　　온갖 인간들이 당하는 이 고통을 막아 주셔야 했던 것
을요.
어머니 루치나께서는 제 출산을 돕기는커녕,
　　　산고 중이던 제 목숨을 앗으셨고,

그래서 포스튜머스는 저로부터 찢겨 나와,

　　　울며 적들 한가운데 놓이게 되었어요,

　　불쌍한 아이죠.

시실리어스　자신의 조상을 닮은 위대한 본성이

　　　그의 내용을 너무도 아름답게 모양 지어

　　그는 세계의 칭송을 받을 만했습니다

　　　위대한 시실리어스의 후계자로서.

큰형　그가 사내로 장성했을 때,

　　　브리튼에 누가 있어

　　그와 어깨를 겨룰 수 있었겠습니까,

　　　혹은 생명을 주는 대상일 수 있었겠습니까,

　　이너젠의 눈에, 그녀의 눈이 가장 잘

　　　그의 가치를 판단했는데?

어머니　결혼과 함께 왜 그가 조롱받고,

　　　추방당하고, 내팽개쳐져

　　리오네이터스의 자리를 빼앗기고 떠나와야 했던 겁니까

　　　그의 가장 소중한 여인인 그녀,

　　상냥한 이너젠으로부터?

시실리어스　왜 당신은 쟈코모,

　　　그 하찮은 이탈리아 것을 그냥 두어,

　　그의 더 고결한 가슴과 두뇌를

　　　쓸데없는 질투로 더럽히고,

　　멍청이이자 놀림거리가 되게 만들었습니까,

　　　타인의 악행 때문에?

작은형　그래서 우리가 더 고요한 지역에서 왔어요.

부모님과 우리 둘,

조국의 명분을 위해 싸우다

용감하게 쓰러져 죽은 두 형제죠,

우리의 충성심과 테넌티어스의 권리를

명예롭게 지키기 위해서.

큰형 그 비슷한 용감한 무공을 포스튜머스는

심벨린에게 바쳤어요.

그런데, 주피터, 그대 신들의 왕이시여,

당신은 이렇게 미루셨나요

그의 공적에 마땅한 은총을,

모든 것이 슬픔으로 변할 지경에 이르도록?

시실리어스 당신의 수정 창문을 여소서, 내다보소서.

더 이상 가하지 마소서

용감한 족속들에게 당신의 가혹하고

강력한 위해를.

어머니 왜냐면, 주피터시여, 우리 아들은 훌륭합니다,

그의 비참을 털어 주소서.

시실리어스 당신 대리석 저택의 바깥을 살피소서. 도와주소서,

아니면 우리 불쌍한 유령들은 울부짖으며

빛나는 나머지 신들이 모두 뭉쳐

당신의 신성을 규탄케 할 것입니다.

두 형제 도와주소서, 주피터시여, 아니면 우리는 소송을 걸고,

당신의 정의를 버리겠습니다.

천둥 번개 속에 주피터가, 독수리에 앉은 채 내려온다. 그가 벼락

을 던진다. 유령들이 무릎을 꿇는다.

주피터 더 이상, 너희 낮은 지역의 하찮은 유령들아,

    짐의 귀를 성가시게 말지어다. 닥쳐라! 감히 너희 유령

따위가

  천둥신을 비난하다니, 나의 개가, 너희도 알겠지만,

    뿌리를 하늘에 내린 채, 온갖 반역의 해변들을 때려 부

수거늘?

  엘리시움의 불쌍한 그림자들아, 꺼져라, 그리고 쉬거라

    너희들의 영원히 시들지 않는 꽃 방죽 위에서.

  산 인간 세상사로 마음 쓰지 말라,

    그건 너희들 상관할 바 아니니. 짐의 관할인 것을 너희

도 아느니.

  내가 가장 사랑하는 자를, 내가 방해하는 것은, 나의 선물

을,

    더 늦게 주어, 더 많은 기쁨 주려 함이다. 투덜대지 말

라.

  낮게 쓰러진 네 아들을 우리의 신성이 드높여 줄 것이다.

    그의 안락이 번창한다. 그의 시련은 잘 끝났다.

  짐의 별이 그의 탄생을 주도했고

    짐의 사원에서 그가 결혼하였으니. 일어나라, 그리고

사라지거라.

  그는 여인 이너젠의 남편으로서,

    그가 받은 고통으로 인해 더 행복할 것이다.

  이 서판을 그의 가슴에 얹어 주라, 그 안에

내가 마련한 그의 운명 전체가 적혀 있나니.

〔주피터가 유령들에게 서판을 주고 그것을 그들이 포스튜머스 가
슴에 얹어 놓는다〕

그리고 이제 가거라. 더 이상 너희들의 소음으로

조급을 떨지 말거라, 내가 못 참는 수가 있나니.

오르라, 독수리여, 나의 수정 궁전으로.

주피터가 하늘로 오른다.

시실리어스 그분이 천둥으로 오셨어. 그분 천상의 숨결은

유황 냄새가 났고. 거룩한 독수리가

상체를 굽히는 것이, 발톱으로 우릴 잡아챌 듯했어. 그분의
승천은

더 달콤하구나 축복받은 우리의 들판보다. 그분이 탄 그 늠
름한 새가

불멸의 날개를 뽐내고 갈퀴발톱으로 부리를 움켜잡더구나

그의 신께서 흡족해 하실 때같이.

유령들 모두 감사합니다, 주피터시여.

시실리어스 대리석 마루가 닫힌다. 그분이 들어가셨다

그분의 찬란한 지붕 속으로. 가야지, 축복받으려면,

조심스럽게 그분의 위대한 명을 따라야 해. 〔유령들 사라진다〕

포스튜머스가 깨어난다.

포스튜머스 잠이여, 네가 나의 할아버지로, 낳아 주었도다

아버지를 나에게. 그리고 창조해 주었어

어머니와 두 형들을. 하지만, 쓰라린 조롱이야,

사라져 버렸어! 그들이 태어나자마자 사라져 버리고,
그렇게 난 깨어났어. 불쌍하고 비참한 자들이나 기대는
위대한 은총의 꿈을 나도 꾸고,
깨어나니 아무것도 없구나. 하지만, 아아, 그게 아니지.
많은 경우 찾을 꿈을 꾸지 않고, 그럴 자격 또한 없는데도
은총에 흠뻑 젖은 상태거든. 그렇게 나 또한,
이 황금의 기회가 주어졌건만 그 이유를 모르는 건지도.
이곳이 요정들 출몰하는 곳인가? 서판? 오 희귀한 것,
부디, 유행에 미친 현세와 달리, 겉모습이
그 속에 담긴 것보다 더 근사하지 않기를. 너의 결과가
궁전 신하들과 전혀 딴판이기를,
약속만큼 훌륭하기를.
　　　〔그가 읽는다〕
'사자 새끼가, 스스로 의식하지 않고, 구하지 않았는데 찾아
내고, 부드러운 대기에 안기게 될 때; 그리고 우람한 히말라
야삼나무에서 베어 낸 가지들이, 수년 동안 죽어 있다가, 훗
날 소생하여, 예전의 그루터기에 접목되고, 새로 자라날 때;
그때 포스튜머스가 자신의 비참을 끝내고, 브리튼은 국운이
성하여 평화와 풍요를 누릴 것이다.'
　아직도 꿈이군, 아니면 이 따위 소리 미친놈들이나
　지껄이겠지, 자기가 뭔 말을 하는지도 모르면서. 둘 다거나,
혹은 아무것도 아니거나,
　혹은 의미 없는 말이거나, 혹은 말이 도무지
　이해가 되지 않거나. 어느 쪽이든,
　내가 살아온 것도 그와 같지, 그러니 갖고 있자,

단지 비슷하다는 이유 때문에라도.

간수 등장

간수 가자, 이놈, 죽을 준비는 되었느냐?

포스튜머스 너무 익은 상태지. 오래전 준비 끝이니.

간수 걸린 고깃덩이 신세로 교수형이라신다. 이놈. 그리 준비가 되었다니, 맛있겠구나.

포스튜머스 그럼, 구경꾼한테 좋은 눈요깃감이니, 제값은 하는 거지.

간수 너로서야 바가지 쓰는 거지, 이놈. 하지만 그나마 다행인 것은, 더 이상 돈 낼 일 없다는 거, 더 이상 선술집 계산서 받을 일 없다는 거, 왜냐면 그 계산서는 환락을 알선해 주는 만큼이나 빈번하게 떠나는 슬픔을 조장하거든. 허기져 고기 생각에 들어갔다가, 떠날 때는 너무 처먹은 술 때문에 비틀거리지, 계산이 너무 나와 기분 지랄 같고 몸이 너무 파김치라 기분 지랄 같지. 지갑과 대가리가 모두 텅 빈 거라, 너무 허랑한데도 머리는 더 무겁고, 지갑은 너무 허랑하지, 돈이 다 빠져나갔으니. 이런 모순을 네놈은 이제 면제받는 거야. 오, 밧줄 값은 1펜스밖에 안 되는데, 대단한 자선 아닌가! 순식간에 수천 페니를 해결해 주니 말이야. 그렇게 확실한 대차대조표가 어딨겠어. 지나간, 현재의, 그리고 앞으로 발생할 빚 일체 청산인데. 네 모가지가, 이놈, 붓이고, 장부고, 주판알이야. 그러니 당연히 채무 면제지.

포스튜머스 난 죽는 것이 즐겁소, 당신이 사는 게 즐거운 것보다 더.

간수 참으로, 이놈, 잠든 자는 치통을 못 느끼지. 하지만 네놈 잠을 자게 될 자고, 교수형 집행자가 침대로 데려갈 자라면, 네 마음 그 관리와 자리를 바꾸고 싶을 게다. 왜냐면 그게 말이지, 이놈, 어느 길을 가게 될 지 알 수가 없으니 말이다.

포스튜머스 알지, 난 정말 안다네, 친구.

간수 네놈 죽음은 머리에 눈이 박힌 모양이로구나, 그렇담. 죽음을 그렇게 그린 건 내 보지 못했다. 네놈이 아는 척하는 어떤 놈한테 들은 얘기거나, 아니면 네 스스로 아는 척하지만 모르는 것이 분명하거나, 아니면 네 목숨을 버리고 나서 어디 한번 알아보겠다는 것이거나 그중 하나야. 그리고 네놈이 어떻게 여행의 목적을 달성한단들 네놈이 다시 돌아와 그 얘기를 해 줄 수는 결코 없을 것 같다 이거지.

포스튜머스 내 말하지만, 친구, 내가 가려는 길은 인도해 줄 눈이 없는 게 아니라 눈을 감고 안 쓰려는 것 아니겠는가.

간수 헛소리도 정도가 있어야지, 사람이 그 좋은 눈으로 눈먼 길을 본다니! 목을 매는 것은 눈을 감기는 것이야 이놈아.

전령 등장

전령 족쇄를 풀고, 그 포로를 왕께 데려가시오.

포스튜머스 기쁜 소식이로다. 날 자유케 하려는 부름이니.

간수 그럼 내가 교수형이지.

포스튜머스 그렇게 되면 간수보다 더 자유로워지는 거 아니오, 죽은 자 용 빗장은 없으니.

간수 〔방백〕 교수대와 결혼해서 새끼 교수대들을 낳고 싶다면 모를까, 이렇게 소원인 사람 처음 보겠군. 하지만, 진짜배기 악당들은 살 욕심을 내기도 하던데, 아무리 로마인 처지라지만. 그리고 그들 중 몇몇은, 또한, 원치 않는 죽음을 맞기도 하고 말야. 그런 경우라면 나도 별 수 없겠지. 우리 모두 한마음이면, 그리고 착한 한마음이면 좋을 텐데. 오, 그렇게 되면 간수니 교수대니 하는 게 없어지겠구나! 내가 나의 현재 이익에 반하는 말을 했군, 하지만 더 좋은 직장을 얻게 될지도.

　　　　모두 퇴장

5막 6장
브리튼, 심벨린 진영

화려한 취주. 심벨린, 벨라리어스, 귀더리어스, 아비레이거스, 피
사니오, 그리고 대신들 등장

심벨린 〔벨라리어스, 귀더리어스, 그리고 아비레이거스에게〕 내 옆에 서
라, 그대들은 신들께서 보내 주신
　　내 옥좌의 수호자로다. 마음이 슬프구나
　　그 초라한 병사는 너무나 화려한 전공을 세웠건만,
　　그의 누더기는 황금의 팔을 부끄럽게 했고, 그의 맨 가슴이
　　단련된 방패들보다 더 앞장서 전진했건만, 행방을 알 수 없
도다.
　　그를 찾아내는 자 행복할 것이다, 만일
　　짐의 은총이 그자의 행복이라면.
벨라리어스 전 이제껏 본 적이 없습니다
　　그토록 고결한 분노의 그토록 초라한 차림을,
　　그토록 소중한 행위를 한 사람의 외양이
　　거지꼴에 옹색한 표정뿐인 경우를.
심벨린 그의 소식이 전혀 없느냐?
피사니오 죽은 자와 산 자 모두 살펴보았으나,
　　그분은 흔적도 없었습니다.

심벨린 슬프게도 내가

그가 받을 보상의 상속자로다. 하지만 그것을 내가

〔벨라리어스, 귀더리어스, 그리고 아비레이거스에게〕그대들에게

주겠다. 브리튼의 간이고, 심장이고, 두뇌로다 그대들은

그대들로 하여 브리튼이 살아 있음을 짐이 천명하노라. 이

제 궁금하구나

그대들이 어디서 왔는지. 말해 다오.

벨라리어스 폐하,

우리는 웨일즈 태생이고, 신사 가문입니다.

그 이상을 여쭙는 것은 옳지 않고 신하로서 방자한 일일 것

이옵니다.

다만 충직한 신하라는 점은 덧붙이고 싶습니다.

심벨린 무릎을 꿇으라.

〔그들이 무릎을 꿇는다. 그가 기사 작위를 수여한다〕

일어서거라, 나의 무훈기사들이여. 내가 그대들을

내 일신의 동무로 삼고, 그대들에게 주겠노라

새로운 직위에 걸맞는 권위를.

〔벨라리어스, 귀더리어스, 그리고 아비레이거스가 몸을 일으킨다.

코닐리어스와 귀족 시녀들 등장〕

저들 얼굴이 심상치 않군. 왜 그리도 슬프게

너희들은 우리의 승리를 맞이하느냐? 너희들은 로마인이지,

브리튼 궁정 사람이 아닌 것 같구나.

코닐리어스 만세, 위대하신 폐하!

경사에 언짢으실 말씀이오나

왕비께서 돌아가셨습니다.

심벨린 그 말은 참으로 의사한테

   안 어울리는 말 아닌가? 하지만 나도 안다

   약으로 생명을 연장할 수 있다지만, 죽음은

   의사까지 잡아가지. 왕비의 최후는 어떠했는가?

코닐리어스 공포에 사로잡혀, 미친 듯 죽어 갔습니다. 그분의 생애

   와 마찬가지였죠.

   세상한테 잔혹한 분이셨기에, 최후도

   본인한테 매우 잔혹했습니다. 그분의 고백을

   고하겠습니다, 폐하께서 허락하신다면. 여기 있는 왕비 시

   녀분들이

   지적해 줄 겁니다, 혹시 제가 잘못 전하는 대목이 있으면요,

   눈물로 뺨을 적시며

   왕비마마 임종을 지켜본 분들이니까요.

심벨린 어서, 말해 보라.

코닐리어스 우선, 그분이 고백하셨습니다 폐하를 결코 사랑하지

   않았다고요. 단지

   폐하 덕에 누리게 될 부귀영화를 바랐다는 겁니다. 폐하가

   아니라.

   폐하와 결혼했으나, 폐하 옥좌의 아내가 되었을 뿐,

   폐하라는 인간은 질색이었다고요.

심벨린 그녀 말고는 아무도 몰랐던 일이로다.

   그리고 죽어 가면서 한 말이 아니었다면, 난

   그녀 입으로 그 말을 해도 믿지 않았을 게야. 계속하라.

코닐리어스 폐하의 따님을, 그분의 사랑이 겉보기에는

   그리도 지극한 듯했으나, 고백에 따르면 그분은

전갈 보듯 했고, 따님의 목숨을,

따님이 달아났기 망정이지, 그분이

독을 먹여 빼앗으려 했답니다.

심벨린 오 너무도 교활한 적이로다!

누가 여자의 마음을 읽을 수 있겠나? 더 있느냐?

코닐리어스 더 있습니다, 폐하, 그리고 더 나쁩니다. 고백하기를

그분이

폐하께 치명적인 독을 준비하였는데, 그것을 마시면,

그 순간 생명을 좀 먹고, 또, 계속 체내에 머물면서,

1인치씩 폐하 몸을 허문다 하였습니다. 그래 놓고는 그분이

밤을 새우고, 울고, 보살피고, 입을 맞추는

시늉으로 폐하를 제압하고, 그리고 마침내,

자신의 계략에 따라 폐하를 허수아비로 만들었을 때,

그분 아들을 왕관 계승자 자리에 밀어 넣으려 했구요.

하지만 아들의 이상한 실종으로 목표 달성에 실패하자,

파렴치하고도 절망적인 상태가 되어, 드러낸 거죠

천인공노할 자신의 목적을, 회한의 이유는

자신이 꾸민 악행들이 이뤄지지 않았다는 것. 그렇게

절망에 빠져 죽음을 맞았습니다.

심벨린 이 모든 말이 사실이더냐, 너희 시녀들?

귀부인 시녀들 그렇사옵니다, 황공하오나.

심벨린 내 눈이

삐었다고는 할 수 없겠지, 아름답기는 했으니까

그녀가 아양을 떨었으니 내 귀도, 그리고 내 마음도

그녀가 겉모습과 같으리라 생각했으니 탓할 게 못 돼. 오히

려 문제겠지

　그녀를 불신했다면. 하지만, 오 나의 딸,

　너는 이 애비가 어리석어 그랬다고 하겠구나,

　그리고 겪어 본 바 사실이라 하겠지. 하늘이여 모든 걸 바로
잡아 주소서!

　　〔루치우스, 쟈코모, 점쟁이, 다른 로마 포로들, 그 뒤로 포스튜머
　　스, 그리고 남장의 이너젠이 브리튼 병사들의 호위 속에 등장〕

　그대가 온 것은, 카이우스, 이제는 조공 때문이 아니겠지.
그 문제는

　브리튼인들이 지워 버렸나니, 비록 그 대가로

　숱한 용사들이 피를 흘렸지만. 그들의 친척들이 청원을 하
였는바

　그 훌륭한 넋들을 달래기 위해 도륙하라는 것이오,

　그대와, 포로들을 모두, 하여 짐은 그리하라 하였소.

　그러니 그대의 처지를 유념하시오.

루치우스　곰곰 생각해 보십시오, 폐하, 전쟁의 운수를. 그날이

　폐하의 날이었던 것은 우연이었습니다. 운이 우리를 따랐다면,

　우리는, 피가 식고 난 후, 위험하지 않았을 겁니다.

　칼로 포로들을. 하지만 신들의

　뜻이, 우리들의 목숨 말고는

　몸값을 치를 것이 없게 하는 것이니, 그리하시랄 밖에요. 족
하지요,

　로마인이 로마인의 마음으로 죽을 수 있다는 것으로.

　살아 계신 아우구스투스께서 뒷일을 알아서 하실 테고요.
그 정도면

저는 됐습니다. 단 한 가지만

간청을 드리지요.

　　　〔그가 이너젠을 심벨린에게 대령시킨다〕

제 시동입니다. 브리튼 태생이지요.

그를 살려 주십시오. 어떤 주인의

시동도 그처럼 착하고, 충실하고, 부지런하고,

주인의 뜻을 잘 헤아리고, 진실하고,

언행이 깨끗하고, 유모 같을 수가 없을 겁니다. 그의 미덕이

제 요청과 한 목소리를 낸다면 감히 생각컨대 폐하께서는

거절 못하실 것입니다. 그는 브리튼인 누구한테도 해를 끼

치지 않았습니다,

비록 로마인 시중을 들었기는 하나. 그를 구해 주소서, 폐하,

그리고 나머지는 모두 죽여 주소서.

심벨린 분명 내가 본 적이 있어.

낯이 익은 얼굴이야. 애야,

네 얼굴은 나의 호감을 샀으니,

이제 너는 내 시동이다. 도무지 이유는 모르겠으나,

'살려 주마, 애야'라 말하고 싶어. 네 주인께 감사할 것 전혀

없느니. 살려 주마,

그리고 청하라 심벨린에게 원하는 것이 있으면

나의 관대함과 너의 처지에 맞게, 내가 그것을 주리라,

그렇다, 설령 네가 요구하는 것이 포로들 중

가장 고귀한 자일지라도.

이너젠 몸을 낮추어 감사드리나이다 폐하.

루치우스 내 목숨을 구걸하라 명하지 않았느니라, 착한 청년,

하지만 넌 그리하겠지.

이너젠 아니, 아닙니다. 아아,

더 급한 다른 일이 있어요. 제 눈에

죽음만큼이나 쓰라린 게 보이거든요. 주인님 목숨은, 착하

신 주인님,

스스로 해결하셔야겠네요.

루치우스 이 애가 내게 모멸을 안기는구나.

날 버렸어, 날 비웃고. 기쁨은 빨리도 사라지는구나

소녀와 소년들의 충성에 기대는 자들의 기쁨은.

저 애가 왜 저리 더듬거리지?

심벨린 〔이너젠에게〕 뭘 원하느냐, 애야?

난 네가 갈수록 좋아지는구나. 얼마든지 생각해 보거라

무엇이 제일 좋을지. 네가 쳐다보는 그자가 아는 사람인 게

야? 말하거라,

그를 살려 주랴? 그가 네 친척이냐, 네 친구야?

이너젠 그는 로마인입니다. 저와 친척일 리가 없지요,

제가 폐하의 친척일 수 없는 것만큼이나. 그리고 저는, 폐하

의 종으로 태어났으니,

폐하와 더 가깝다고 하겠습니다.

심벨린 그런데 왜 그를 뚫어져라 쳐다보는 게냐?

이너젠 말씀드리고 싶습니다, 폐하, 폐하께만, 폐하께서 부디

들어 주신다면.

심벨린 들어 주마, 얼마든지,

그리고 가능한 한마디도 놓치지 않겠다. 네 이름이 무엇이냐?

이너젠 피델레입니다, 폐하.

심벨린 너는 나의 훌륭한 청년이로다. 나의 시종이야.

> 내가 네 주인이 되어 주마. 나와 함께 걷자구나, 마음 놓고
> 말해 보거라.

심벨린과 이너젠이 따로 떨어져 말을 나눈다.

벨라리어스 〔귀더리어스와 아비레이거스에게 방백〕 이 소년이 죽었다

> 살아난 거 아니냐?

아비레이거스 모래알이 모래알을 닮은 것보다 더

> 그 상냥한 장밋빛 청년을 닮았군요,
> 죽은, 그리고 이름도 피델레였잖아요. 어떻게 생각해?

귀더리어스 똑같은 죽은 이가 살아 있어.

벨라리어스 쉿, 조용, 좀 더 두고 보자. 그 애는 우리한테 눈길을

> 주지 않았어. 기다려 봐.
> 닮은 인간이 있을 수 있으니까. 저것이 그 아이라면, 분명
> 그가 우리한테 말을 걸었을 거야.

귀더리어스 하지만 그 애가 죽은 걸 우리가 눈으로 보았는데.

벨라리어스 말하지 마, 기다려 보자니까.

피사니오 〔방백〕 우리 마님이다.

> 마님이 살아 계시니, 시간에 맡길 밖에
> 좋은 쪽으로 흐르든 나쁜 쪽으로 흐르든.

심벨린 〔이너젠에게〕 자, 짐 옆에 서거라,

> 네 요구를 크게 말해. 〔쟈코모에게〕 이봐라, 너 앞으로 나오거라.
> 이 소년이 묻는 말에 대답하되, 남김없이 털어놓아야 한다,
> 아니면, 짐의 위엄과 위엄의 미덕,
> 즉 짐의 명예를 걸고, 호된 고문이

거짓에서 진실을 까부르게 될 것이다.

　　〔이너젠에게〕 어서, 그에게 묻거라.

이너젠　제 부탁은 이 신사분께서 알려 주십사 하는 겁니다.

　　누구한테서 이 반지를 받으셨는지.

포스튜머스　〔방백〕 그 반지가 그와 무슨 상관이지?

심벨린　〔쟈코모에게〕 네 손가락에 끼고 있는 그 다이아몬드 말이다.

　　말하라.

　　어떻게 그것을 갖게 되었느냐?

쟈코모　그 대답을 안 하면 폐하께서 절 고문하시겠지만

　　한다면 그 말이 폐하를 고문케 될 것입니다.

심벨린　뭐라, 날?

쟈코모　어쩔 수 없이 아뢰자니 제 마음 홀가분합니다.

　　숨기는 것이 제겐 고문이었거든요. 악랄한 수법으로

　　전 이 반지를 차지했습니다. 원래 리오네이터스의 보석이었죠.

　　폐하께서 추방하신 그 사람 말입니다. 그리고, 폐하께 더욱

가슴 아픈 말씀이겠습니다만.

　　저도 그러니까요. 그보다 더 고결한 신사는

　　하늘과 땅 사이 산 적이 없었다 하겠습니다. 더 아뢰올까요.

폐하?

심벨린　이 일에 관해 낱낱이 밝히라.

쟈코모　그 절세미인 폐하의 따님이.

　　그분을 생각하면 제 심장이 피를 철철 흘리고, 저의 거짓된

영혼은

　　기억에 움찔합니다만—짬을 주소서, 너무 힘이 드옵니다.

심벨린　내 딸? 내 딸이 어떻게 됐다구? 기운을 차리거라.

차라리 네 수명을 보장하겠다.

더 듣기 전에 너를 죽이느니. 어떻게든, 이놈, 말을 하거라.

쟈코모 언젠가─불행했죠 그 시계,

그 시각을 알린 시계는─로마에서였습니다─저주받으라

그곳의 그 저택─연회 중이었는데─오, 얼마나 좋았을까

그 진수성찬에 독이 들었었다면, 아니면 최소한

내가 입으로 가져간 것만이라도!─그 선량한 포스튜머스─

어떻게 말해야 할까요?─그는 너무도 선량해서

나쁜 자들 사이에 낄 수 없는 사람이었죠, 그리고 최고였지요,

드물게 선량한 사람들 중에서도─그는 침울하게 앉아,

우리가 각자의 이탈리아 애인들을 칭찬하는 걸 듣고 있었습니다.

아름답기가 아무리 과장해도

지나치지 않을 정도라는 둥, 용모는

단순한 인간의 자태를 넘어 비너스 몸매 혹은

쭉 뻗은 미네르바조차 불구로 보일 정도라는 둥, 성격은,

사내가 여자를 좋아하는 까닭의 품성을

모두 갖춘 상점이라는 둥, 결혼의 미끼,

눈을 확 뜨이게 하는 미모에 덧붙여 그렇다는 둥─

심벨린 발바닥이 타는 것 같다.

요점을 말하라.

쟈코모 제가 너무나 일찌감치 그러는 걸 텐데요,

폐하께서 빨리 슬퍼하시기를 바란다면 모를까. 이 포스튜머스가.

참으로 사랑에 빠진 귀족답게 더군다나

연인이 왕족인 사람답게. 넌지시 끼어들더니,

우리가 칭찬한 여자들을 깎아내리지 않고―그 대목에서는

그가 미덕처럼 말을 삼갔지요―그가 시작했습니다.

자기 아내의 그림을, 그런데 그것이 그의 혀로 그려지고,

그런 다음 그의 마음이 그 안에 깃들고 보니, 우리의 자랑은

기껏 부엌데기나 창녀 옹호 수준으로 전락했거나, 아니면 그의 묘사가

우리를 말 못하는 멍텅구리로 보이게 만들었거나 둘 중 하나였습니다.

심벨린 아니, 글쎄, 결론을 말하라니까.

쟈코모 폐하 따님의 정조―거기서 이야기는 시작되었습니다.

그가 그녀에 대해 다이애나조차 뜨거운 꿈을 꾸고

오로지 그녀 홀로 정숙하다는 투로 말했고, 그것에 제가, 이 몹쓸 놈이,

그의 칭찬을 꼬투리 잡고, 그와 내기를 하면서

금 조각을 걸었고 그는 이 반지를 걸었습니다. 당시엔 그가

그의 명예로운 손가락에 끼고 있었던 것이죠. 내용은

제가 그녀를 꼬드겨 침대로 데려가면 이 반지를 갖는다는 거였죠.

그녀와 저의 간통으로. 그는, 진정한 기사로,

그녀의 명예를 확신했으므로,

저도 훗날 못지않게 확신케 됩니다만, 이 반지를 걸었습니다―

그리고 걸었을 겁니다. 설령 그것이 포이보스 수레바퀴의

홍옥이었다 하더라도, 그리고 아주 안전했을 겁니다 그것이

수레 전체의 값어치였다고 하더라도. 멀리 브리튼으로

저는 서둘러 갔습니다, 이런 속셈을 품고. 생생하시겠지요,

폐하,

궁정에서 저를 만나신 기억이, 그리고 그곳에서 절 따끔하

게 가르치시더군요.

폐하의 정결한 따님이, 사랑과 악랄한 수단의

엄청난 차이를. 그렇게 꺼진 거죠

희망은, 그러나 욕망은 여전했고, 제 이탈리아적 두뇌가

작동하기 시작했어요, 다소 둔한 폐하의 땅에서,

아주 악랄하게요. 제가 득을 보는 면에서는, 탁월한 생각이

었죠.

그리고, 짧게 아뢰자면, 저의 속임수가 워낙 앞섰기에

제가 갖고 돌아온 유사 증거들은

그 고결한 리오네이터스를 미치게 만드는 데 충분했습니다.

그녀의 명예에 대한 그의 확신에 상처를 낸 거죠,

이런저런 증거 물품들이. 상세한 내용의

실내 벽걸이 묘사, 그림들, 그녀의 이 팔찌—

오 교활했죠, 제가 그것을 얻은 수단은!—심지어, 그녀 몸의

은밀한 표식까지, 그래서 그는 도리 없이

믿게 되었습니다 그녀의 순결 서약에 금이 갔다고,

그녀가 포기한 것을 제가 접수했다고 말입니다. 그래서—

어쩐지 그가 이곳에 있는 것 같은데—

포스튜머스 〔앞으로 나서며〕 맞다, 네 눈알 멀쩡하구나,

이 이탈리아 원수 놈! 아아 슬픈 나여, 속여 먹기 아주 쉬운

멍청이,

지독한 살인자, 도적, 악당의

온갖 이름이로다, 과거의, 현재의,

미래의! 오, 제게 목맬 밧줄을, 아니면 칼을, 아니면 독을 내리소서,

올바른 심판관 누구 없소! 그대, 왕이시여, 불러 주소서

고문 기술자를. 바로 제가

지상의 온갖 혐오스런 것들을 그나마 더 나아 보이게 한 것입니다,

그것들보다 더 혐오스러운 몰골로. 제가 포스튜머스입니다,

제가 폐하의 따님을 죽였어요─악당처럼, 나도 거짓말을 하네요.

그 짓은 저보다 질이 낮은 악당,

성물 도둑놈이죠, 그놈을 시켰습니다. 미덕의

사원이었지요, 그녀는. 그녀가 미덕 그 자체이기도 했구요.

침 뱉고 돌을 던지라, 오물을 쏟아부으라 나한테, 길거리

개들을 모두 풀어 날 사냥몰이케 하라. 모든 악당을

포스튜머스 리오네이터스라 부르고,

그렇게 '악당'이란 말 전보다 덜 혐오스럽게 하라! 오 이너젠!

나의 여왕, 나의 생명, 나의 아내, 오 이너젠,

이너젠, 이너젠!

이너젠 〔그에게 다가가며〕 진정하세요, 저의 주인님. 들으세요, 제 말 들어 봐요.

포스튜머스 네놈 수작까지 내가 당해야 한단 말이냐? 날 우습게 보는 이 시동 놈,

땅바닥에 나자빠지는 게 네 주제로다.

　　　　그가 그녀를 때려눕힌다.

피사니오 〔앞으로 나서며〕 오 여러분, 사람 살려요!

　　　저의 그리고 여러분의 아씨마님이세요! 오 저의 주인 포스
　　튜머스 님,

　　　주인님은 이너젠 아씨를 죽인 적이 없어요 지금까지는. 도
　　와주세요, 도와줘요!

　　　〔이너젠에게〕 저의 명예로우신 주인마님.

심벨린 세상이 빙빙 도는가?

포스튜머스 왜 이렇게 어지럽지?

피사니오 〔이너젠에게〕 정신 차리세요, 아씨마님.

심벨린 만약 그렇다면, 신들께서 나를 때려

　　　죽이려는 모양이다. 치명적인 기쁨으로.

피사니오 〔이너젠에게〕 마님 괜찮으세요?

이너젠 오, 내 눈앞에서 꺼져!

　　　당신이 내게 독약을 주었어. 위험한 사람, 당장 꺼져요.

　　　왕족들 있는 곳은 얼씬도 말고.

심벨린 이너젠 목소리다.

피사니오 주인마님, 신들께서 제게 벼락을 내리게 하소서 만일

　　　제가 마님께 드린 그 상자를 제가

　　　귀한 보약으로 여기지 않았다면요. 그건 왕비께서 제게 준

　　　것이에요.

심벨린 새 얘기가 또 있군.

이너젠 내 몸에 독이 퍼졌어.

코닐리어스 오 이런!

194 심벨린

왕비의 고백 중 한 가지를 빼먹었어요

〔피사니오에게〕 그것이 당신의 충성을 증명해 줄 거요. '만일 피사니오가

이미,' 그녀가 그렇게 말했어요, '제 여주인한테 그 용액을 주었다면,

피로회복제라면서 내가 그놈한테 준 것이지만, 그녀는

쥐약 먹은 쥐 꼬라지가 될 게야.'

심벨린 이게 무슨 소리냐, 코닐리어스?

코닐리어스 왕비께서는, 폐하, 툭하면 저를 불러

독약 제조를 해 달라 청했습니다, 말이야 늘

연구할 것이 있어 그냥

못된 짐승들, 고양이나 개 같은

하찮은 것들을 죽여 보려는 거라고 했죠. 저는, 그녀의 목적이

보다 위험한 것 아닐까 우려되어, 약을 조제하기는 했으되

그 성분을, 마시게 되면, 당분간

생명력을 그치게 하였다가, 얼마 안 되어,

자연의 모든 기관이 다시

맡은 바 임무를 수행케 하는 약으로 바꾸었습니다. 〔이너젠에게〕 그걸 드셨나요?

이너젠 그런 것 같아요, 난 죽은 상태였으니까.

벨라리어스 〔귀더리어스와 아비레이거스에게〕 얘들아,

우리가 잘못 안 거였어.

귀더리어스 분명 피델레 맞네요.

이너젠 〔포스튜머스에게〕 왜 당신은 내치셨지요 결혼한 당신 부인을 당신한테서?

레슬링 하시자는 거면, 이제 날 다시
내던져 보세요.

> 그녀가 양팔로 그의 목을 껴안는다.

포스튜머스 거기 열매처럼 매달려 있으시오, 내 사랑,
　　　나무가 죽을 때까지.
심벨린 〔이너젠에게〕 아니 이럴 수가, 나의 혈육, 내 딸애가?
　　　뭐라, 네가 날 이 장면에서 게으름 피우는 배우 대접하겠단
　　　거냐?
　　　내겐 대사 기회도 안 줄 참이야?
이너젠 〔무릎을 꿇으며〕 축복을 내려 주소서, 아버님.
벨라리어스 〔귀더리어스와 아비레이거스에게 방백〕 너희들이 정말 이
　　　청년을 사랑했다만, 탓하지 않겠다.
　　　그럴 이유가 있었니라.
심벨린 내가 흘리는 눈물이
　　　네게 성수로 되기를!
　　　　〔그가 그녀를 일으킨다〕
　　　이너젠,
　　　네 어미가 죽었구나.
이너젠 유감입니다, 폐하.
심벨린 오, 쓸데없는 여자였어, 그리고 그 여자 때문에 이렇게
　　　우리가 여기서 이토록 낯설게 만나는 것 아니냐. 근데 그 여
　　　자 아들이
　　　사라졌어, 이유도 행방도 모르겠으니.
피사니오 폐하,

이제 두려움이 사라졌으니 제가 진실을 아뢰겠습니다. 클로
텐 나리는,

　저의 아씨마님이 사라지시자, 제게 오더니
　칼을 들이대고, 입에 거품을 물고, 맹세를 하는데
　아씨가 어느 쪽으로 갔는지 말하지 않으면
　그 자리에서 죽이겠다는 거였어요. 마침
　제 주인께서 보낸 거짓 내용의 편지가
　그때 제 주머니에 있었고, 그 내용대로 하면
　아씨는 밀포드 근처 산맥에서 찾아야 하는 거였고,
　그리로, 광란에 쌓여, 제 주인 복장을 하고,
　옷은 그가 강제로 저한테서 빼앗았지요, 서둘러 떠났는데
　목적은 부정하게도, 게다가 맹세까지 곁들이며 범하겠다는
거였어요
　우리 아씨마님의 명예를. 그가 어떻게 되었는지는
　제가 더 이상 알지 못합니다.

귀더리어스　제가 그 얘기를 마무리 짓죠.
　내가 그곳에서 그를 죽였습니다.
심벨린　정말, 당치도 않도다!
　자네의 용감한 전공이 내 입에서
　가혹한 선고를 빼내게 하고 싶지 않구나. 부디, 용감한 청년,
　그대가 한 말을 취소하라.
귀더리어스　제가 이미 말했고, 제가 그를 죽였습니다.
심벨린　그는 왕자였니라.
귀더리어스　아주 야만적인 왕자더군요. 그가 내게 준 모욕은
　전혀 왕자 같지 않았습니다. 그자가 날 화나게 한

언사라면 나는 바다라도 걷어차 버릴 겁니다,

바다가 제게 그렇게 욕을 할 수 있다면. 나는 그의 목을 베

었고,

아주 기분이 좋습니다. 그가 여기 서서

내가 한 이야기를 그가 하지 않게 된 것이.

심벨린 네가 날 슬프게 하는도다.

네 자신의 혀로 네 자신을 유죄판결 했으니, 따라야 한다

짐의 법을. 너는 사형이로다.

이너젠 그 머리 없는 사내가

난 우리 남편인 줄 알았어.

심벨린 〔병사들에게〕 죄인을 묶고,

짐의 안전에서 끌어내라.

벨라리어스 멈추소서, 왕이시여.

이 아이는 그가 살해한 그자보다 더 훌륭한 인물입니다.

폐하 못지않은 혈통이고요. 그리고 세운 공적은

클로텐 따위 한 무더기가 입었을

부상을 다 모아도 미치지 못합니다. 그의 팔을 놓지 못할까,

속박되려 태어난 팔이 아니거늘.

심벨린 왜, 노병이여, 그대는

받기도 전에 보상을 무효로 만들려 하오,

짐의 분노를 사서? 어떻게 혈통이

짐과 대등할 수 있는가?

아비레이거스 그 말씀은 제 아버님이 좀 지나쳤사옵니다.

심벨린 〔벨라리어스에게〕 그리고 그 말 때문에 그대는 죽을 것이다.

벨라리어스 우리 셋 모두 죽어도 좋습니다

제가 우리 중 두 명이

　　　말씀드린 대로 고귀하다는 것을 증명하지 못한다면. 내 아

　들들아, 내가 해야겠구나

　　　나로서는 위험천만한 말을,

　　　너희한테는 아마도 다행이겠으나.

아비레이거스 아버지 위험이 우리 위험이죠.

귀더리어스 우리한테 다행이면 아버지도 다행이고.

벨라리어스 그럼 말하자꾸나. 황공하오나,

　　　폐하께서는, 위대한 왕이시여, 거느리신 적이 있습니다,

　　　벨라리어스라는 이름의 신하를.

심벨린 그자가 어쨌다고? 그자는

　　　추방된 반역자로다.

벨라리어스 제가 바로 그자이고

　　　이렇게 나이를 먹었습니다. 정말, 추방자 맞지요,

　　　반역자인 연유는 모르겠고요.

심벨린 〔병사들에게〕 저자를 당장 끌어내.

　　　온 세상이 청해도 그를 살려 주지 않을 것이다.

벨라리어스 너무 급하게 서두르지 마소서.

　　　우선 제게 지불하소서, 폐하 아드님들의 양육비를,

　　　그리고 늦지 않나이다. 제가 받자마자

　　　다시 몰수하셔도.

심벨린 내 아들들을 양육해?

벨라리어스 제가 너무 무례하고 건방졌나이다. 〔무릎을 꿇으며〕 이

　렇게 무릎 꿇나이다.

　　　몸을 일으키기 전에 제 아들들을 높이 올릴 것이니,

그런 다음 예전 아버지를 벌해 주소서. 강력하신 폐하,

이 두 청년 신사는 절 아버지라 부르고

스스로 내 아들이라 여기지만 제 아들이 결코 아닙니다.

두 분은 당신 소생이에요, 폐하,

폐하의 피를 물려받았습니다.

심벨린 뭐라, 내 소생?

벨라리어스 폐하가 폐하 아버님 소생인 것만큼이나 확실하게요.

저, 늙은 모건은,

사실 폐하께서 옛날에 추방한 벨라리어스고요.

폐하가 절 추방하실 마음이었다는 것이 저의 죄 일체고, 제

가 추방된 것

자체고, 저의 반역 전부였지요. 제가 고통받았다는 것

그것이 제가 끼친 해악 전부였고요. 이 마음씨 착하신 두 왕

자분—

말 그대로니까요—지금까지 20년 동안

두 아드님을 제가 가르쳤습니다. 그들의 교양을

가능한 만큼 제가 채워 주었고요. 제 가문은, 폐하,

폐하께서 아시는 대로입니다. 두 아기씨의 유모 유리필레,

전 도둑질 때문에 그녀와 결혼했습니다만, 그녀가 이 두 아

이를 훔쳤지요

제가 추방당하게 되자. 제가 그러라고 부추겼어요,

벌을 먼저 받았으니

나중에 죄짓는 셈 치자는 심정이었죠. 충성이 오히려 치도

곤을 당하자

제 역심이 발동했던 거죠. 그 소중한 상실을,

폐하께서 아파하시는 바로 그만큼, 맞아떨어지는 거였어요

아기를 훔친 저의 목적에. 하지만, 자비로우신 폐하,

여기 폐하의 아들들이 다시 돌아왔고, 저는 잃어야 할 모양
입니다.

세상에서 가장 상냥한 동무 둘을.

우리 위를 덮은 이 하늘의 축복이

그들 머리에 이슬처럼 내리기를. 왜냐면 그들의 가치는

하늘에 별자리가 될 만합니다.

심벨린 그대 울기도 하고, 말하기도 하는구나.

그대들 셋이 세운 전공은 아무리 생각해도 놀랍지만

그대의 이 이야기는 조금 그럴듯하도다. 내가 내 아이들을
잃어버렸지.

만일 이들이 그들이라면, 어찌 바랄 수 있겠는가

더 훌륭한 두 아들을.

벨라리어스 〔몸을 일으키며〕 잠시 짬을 내주소서.

이 신사는, 제가 부르는 이름이 폴리도어지만,

가없이 훌륭하신 군주시여, 당신 아들, 틀림없는 귀더리어
스입니다.

〔귀더리어스가 무릎을 꿇는다〕

이 신사는, 저의 캐드월이고, 아비레이거스,

폐하의 둘째 왕자님이시고요.

〔아비레이거스가 무릎을 꿇는다〕

그는, 폐하, 싸여 있었습니다,

손으로 짠 아주 정교한 문양의 망토에,

그건 어머니 왕비께서 짜신 거였는데, 증거로 필요하시다면

곧 가져올 수 있습니다.

심벨린 귀더리어스는

목에 점이 있었어, 핏빛에 별 모양이었지.

놀라운 표식이었다.

벨라리어스 이것이 그입니다.

아직 남아 있지요. 그 자연의 인장이.

현명한 자연이 그것을 주어

오늘 증거로 삼게 한 것이었군요.

심벨린 오, 내가 뭐지?

세 아이를 낳은 어머니? 어느 산모도

이보다 더 출산을 기뻐하지는 않았으리라. 부디 축복받으라

너희들,

너희는, 기묘하게 본궤도를 벗어나더니,

이제 돌아와 그것을 다스리게 되었도다!

〔귀더리어스와 아비레이거스가 몸을 일으킨다〕

오 이너젠,

이것으로 넌 하나의 왕국을 잃었구나.

이너젠 아니죠, 폐하,

그것으로 제가 두 개의 세계를 얻은 거죠. 오 나의 마음씨
착한 오빠들,

이렇게 우리가 합쳐진 거죠? 오, 앞으로는 무조건

제 말이 가장 맞다고 쳐 줘야 해요. 오빠들은 날 남동생이라
불렀잖아요,

난 여동생인데. 난 오빠들을 오빠라 불렀죠

그게 맞는 거였다고요.

심벌린 너희들 만난 적이 있느냐?

아비레이거스 예, 훌륭하신 폐하.

귀더리어스 그리고 첫눈에 반했죠,

  그가 죽은 줄 알았을 때까지 내내 그랬고요.

코닐리어스 왕비의 독을 조금이나마 삼켰으니까요.

심벌린 오 희귀한 본능이로다!

  언제 그 얘기를 샅샅이 들려주겠느냐? 너무 뭉턱뭉턱 잘라
말했으니

  정황적인 잔가지들도

  듣는 재미가 쏠쏠할 텐데. 어디냐? 어떻게 하구 살았어?

  그리고 언제 네가 짐의 그 로마인 포로 시중을 들게 된 게야?

  오빠들과 어떻게 하다 헤어졌어? 처음 오빠들을 어떻게 만
났지?

  왜 궁중에서 도망을 쳤느냐? 어디로 갔고? 이런 것들,

  그리고 그대들 셋이 전투에 참가한 동기, 그밖에

  얼마나 더 많이 있을지 모르겠다만, 그런 얘기를 들려 다오,

  그리고 다른 모든 곁가지들도,

  하나부터 열까지 모두. 하지만 시간도 장소도

  기나긴 질문에 걸맞지가 않는구나. 보아라,

  포스튜머스가 이너젠한테 닻을 내렸어,

  그리고 그 애는, 해가 없는 번개처럼, 쏘아대고 있다 눈빛을
그에게, 오빠들에게, 나에게, 그의 예전 주인에게, 비추고
있어

  각 표적을, 기쁨의 빛으로. 모두 눈빛을 교환하고 있는 거야
서로가 서로와. 이제 이곳을 뜨고,

신전을 번제물 연기로 채우자꾸나.

　〔벨라리어스에게〕 그대는 나의 형제다. 짐은 그대를 영원히 그
리 대할 것이다.

이너젠 　〔벨라리어스에게〕 아저씨는 제 아버님이시기도 해요. 그리
고 정말 절 구해 주셨기에

　제가 이런 은총의 날을 보게 된 거잖아요.

심벨린 　모두 기쁨이 넘치는데,

　묶인 사람만 그렇지 않구나. 그들 또한 기뻐하게 하라,

　우리들의 위로를 맛보게 될 것이니.

이너젠 　저의 훌륭하신 주인님,

　여전히 제가 주인님을 섬길 것입니다.

루치우스 　행복하시기를!

심벨린 　그 허름한 차림의 병사가 그토록 고결하게 싸웠는데,

　그가 이 자리에 있으면 참 좋았을 것을, 그리고 미력을 더했
겠지

　왕의 감사에.

포스튜머스 　제가, 폐하,

　그 병사입니다. 이 세 분과 동행했던

　볼품없는 차림의. 그런 외모가

　당시 제가 의도하던 바에 맞았습니다. 내가 그라는 것을,

　말하라, 쟈코모. 난 널 쓰러트렸고, 쉽사리

　널 해치울 수도 있었다.

쟈코모 　〔무릎을 꿇으며〕 다시 무릎을 꿇었습니다.

　하지만 이번에는 무거운 제 양심이 저의 무릎을 꺾은 것입
니다

그때 당신의 힘에 꺾인 것처럼. 그 목숨을 가져가십시오, 부
탁이오,

그토록 여러 차례 빚진 목숨이니. 하지만 우선 당신의 반지를,
그리고 여기 팔찌도 있소, 믿음을 맹세한
가장 진실한 공주의 팔찌 말이오.

포스튜머스 〔그를 일으키며〕 내게 무릎 꿇지 말거라.
너를 살려 주는 것이 너에 대한 나의 권력 행사고,
너를 용서하는 것이 너를 향한 나의 적개심이니, 살려 주마,
다른 사람들한테는 좀 더 착하게 굴거라.

심벨린 고결한 판결이로다!
짐도 우리 사위의 관대함을 배우리라.
모두 용서할 것이다.

아비레이거스 당신께서 우릴 돕는 것이, 선생,
마치 정말로 우리 형제가 되고자 하는 것 같았었는데.
당신이 정말 형제라니 너무 기뻐요.

포스튜머스 하인이죠, 왕자님들의. 〔루치우스에게〕 착하신 로마 시
절 나의 주인님,
그 점쟁이를 좀 불러 주십시오. 잠을 자는 동안, 내 생각에
위대하신 주피터께서, 그분의 독수리를 타고,
제게 나타나신 것 같았어요, 다른 유령들과 함께였는데
제 친척들 같았구요. 깨어나 보니
이 서판이 내 가슴 위에 얹혀 있었는데, 쓰여 있는 내용이
너무도 뒤죽박죽이라 도무지
그 맥락을 모르겠군요. 그분더러
솜씨도 보일 겸 풀이를 부탁하면 어떨까 싶은데.

루치우스 필하르모누스.

점쟁이 여기 대령입니다, 우리 주인님.

루치우스 읽어 보고, 그 뜻을 밝혀 주게.

점쟁이 〔서판을 읽는다〕 '사자 새끼가, 스스로 의식하지 않고, 구하
지 않았는데 찾아내고, 부드러운 대기에 안기게 될 때; 그리
고 우람한 히말라야삼나무에서 베어 낸 가지들이, 수년 동안
죽어 있다가, 훗날 소생하여, 예전의 그루터기에 접목되고,
새로 자라날 때; 그때 포스튜머스가 자신의 비참을 끝내고,
브리튼은 국운이 성하여 평화와 풍요를 누릴 것이다.'

  그대가, 리오네이터스, 바로 사자 새끼요.

  그대의 이름을 적당하고 또 적절하게 풀면,

  리오-네이터스가 되는데, 바로 그 뜻이거든.

  〔심벨린에게〕 부드러운 대기는 폐하의 고결한 따님입니다.

  로마어로는 '몰리스 에르', 그리고 '몰리스 에르'를

  우리가 '물리에르', 즉 여성이라는 뜻으로 쓰거든요. 〔포스튜
머스에게〕 그 '물리에르'가 내 점괘로는

  바로 이 절개 굳은 아내이시기에, 이분이 바로 지금도,

  예언의 정확한 내용을 채우시길래,

  당신이 의식하지 않고, 구하지도 않건만, 안기게 되는 겁니다.

  부드러운 대기에.

심벨린 그럴듯하군.

점쟁이 우람한 히말라야삼나무는, 당당하신 심벨린 님,

  폐하이시고, 베어 낸 가지들이 가리키는 것은

  폐하의 두 아들이죠, 벨라리어스가 훔쳐 갔던 그들이,

  수 년 동안 죽은 걸로 여겨졌으나, 현재 소생하여,

우람한 히말라야삼나무와 합쳐졌고, 그 소생들이

브리튼에 평화와 풍요를 약속한다는 것이지요.

심벨린 좋군,

내 치세의 평화를 짐은 시작하겠노라. 그리고, 카이우스 루
치우스,

비록 승자이긴 하나, 우리는 복종하겠소 케사르에게

그리고 로마제국에게, 약속하겠소

종전대로 조공을 바치겠다고, 그것을 우리가

거부하게 된 것은 사악한 왕비 때문이었는데,

그녀의 죄를 물어 하늘이 그녀와 그녀 자식에게

아주 무거운 벌을 내렸다오.

점쟁이 위에 계신 세력들께서 손가락으로 연주하시는 겁니다,

우리들 평화의 화성을. 계시를

제가 루치우스께 알려 드린 것이 아직도

열기가 남은 이 전쟁이 발발하기 전이었는데, 지금 이 순간

온전히 이루어졌습니다. 로마의 독수리가,

남쪽에서 서쪽 방향으로 날개 펴고 높이 솟구쳐 오르더니,

점점 작아지다가, 태양의 빛살들 속으로

사라져 버리는 거였거든요. 이것은 예시였어요, 우리의 독
수리 군주이신

황제 케사르께서 다시 호의를 보이사

빛나는 심벨린과 한데 뭉치리라는 예시,

그가 빛나는 곳이 여기 서쪽이니까요.

심벨린 우리 신들을 찬미하고,

똘똘 말린 연기가 그분들 코에 가닿게 합시다,

우리의 축복받은 제단에서. 우리 이 평화를 널리 알립시다

우리의 모든 신민들에게. 우리 출발합시다, 우리

로마 깃발과 브리튼 깃발을 흩날리게 하는 거요

다정하게 함께 말이오. 그렇게 런던 시내를 행진으로 관통하고,

위대한 주피터 신전에서

우리의 평화를 비준하고, 축제로 조인을 하는 거요.

자 행진이다. 역사상 전쟁이 이렇게,

피 묻은 손을 씻기도 전에, 이런 평화로 끝난 적은 한 번도 없었노라.

화려한 취주. 모두 퇴장.

1. 잉글랜드 민족 사극들 : 가장 아름다운 예술작품으로서의 역사

고대 그리스 에스킬로스, 소포클레스, 에우리피데스 '비극'의 '소재'는, 최소한 당대인들에게는, '신화'라기보다 아주 먼 옛날의, 그러나 엄연한 역사였는지 모른다. 위대한 그리스 고전 비극들은, 고대 그리스인들에게, 우리들 개념의 '사극'에 더 가까웠는지 모른다. 더 과감하게 말하자면, 그리스 고전 비극이 여전히 위대한 것은, 역사를 당대적 시각에서 다룬 결과로 그것이 갖추게 된 보편성 때문인지 모른다.

셰익스피어의 문학적 감수성으로 보아, 그런 사정은 셰익스피어도 마찬가지였을지 모른다. 즉, 잉글랜드 역사를 다룬 그의 소위 '사극들'은 그에게 민족사극일 뿐 아니라 시사극이었을지 모른다. 그의 마지막 사극《헨리 8세》의 주인공은 바로 엘리자베스 1세 여왕의 생모를 죽인 엘리자베스 1세 여왕의 아버지였다. 그의 생애 첫 창작 작품은《헨리 6세 2부》,《헨리 8세》가 마지막 작품이니(확신할 수 없으나, 합작설이 나올 정도니 아마 마지막이 맞을 것이다) 그는 평생 동안 '시사=역사'의 틀 자체를 연극-예술화하는 입장이었을지 모르고, 그 입장을 '신세'로 생각했을지 모르고, 그 사극 생애의 '핵심=일상'을 비극의 절정으로 응축하는 동시에 희극의 절정으로 해방시켰던 그의 '정신=예술' 속은 우리 생각보다 훨씬 더 역동적이고 다채로운 것이었을지 모른다. 그러나 역사 현장과 전쟁과 폴스타프가 부딪쳐 작렬하는《헨리 4

세 1부》와 《헨리 4세 2부》만 보더라도, 그의 사극들 또한 틀 자체의 연극-예술화 너머 가장 아름다운 예술 작품으로서 역사에 달하는 과정이었고 갈수록 그 결과였다. 셰익스피어 민족사극들은 전에는 물론 그 후에도 비슷한 사례가 없다. 중세 도덕 막간극이 1547년 무렵 베일의 《존 왕》을 거쳐 생성된 장르가 사극이라고는 하나, 그 《존 왕》은 주인공 말고 다른 등장인물들이 모두 아예 추상들이고 역사는 교훈을 위한 수단일 뿐이고, 1588년 무렵 《존의 골칫거리 통치》에서 추상들이 실제 등장인물들한테 자리를 내주지만, 교훈주의는 여전하다.

자신의 자료를 교훈가나 연대기 작성자가 아닌 극작가로서 다루어 실제 역사를 극화하는 사극 작가는 셰익스피어가 처음이고, (엘리자베스 1세 여왕) 시대 혹은 당대의 공통된 가치와 이상, 그리고 역사관과 세계관으로 거대한 총체를 이루는 그의 위대한 사극 연작에 비견될 만한 것은 다른 어느 나라 문학에도 없다. 그의 사극들이 잉글랜드 역사에 빚진 것이 많은 바로 그만큼, 잉글랜드 역사는 그의 사극들에 빚을 지게 된다.

셰익스피어가 엘리자베스 1세 여왕 시대에 잉글랜드 역사를 만난 것이 문학사상 손꼽히는 행운이라면, 잉글랜드 역사가 셰익스피어를 만난 것은 역사상 손꼽히는 행운이다. 셰익스피어 사극들로 하여 잉글랜드 역사는 세계 어느 나라 역사보다 더 행복한 예술에 달한다. 동시에, 셰익스피어 사극들은, 문학이므로, 셰익스피어 시대를 반영하는 정도를 넘어 셰익스피어 시대의 산물이다. 셰익스피어 사극들 또한, 에스킬로스의 오레스테스 3부작, 소포클레스의 외디푸스 3부작 못지않게, 가족-혈연사고 복수극이지만 그들과 셰익스피어 사이 2천 년이 존 왕과 셰익스피어 사이

3~4백 년으로 응집–심화하면서 '역사–사회–정치적'을 당대–예술화하고, 순식간에 순수문학과 참여문학의 구분이 무의미해지고, 갈수록 민족'주의'가 민족'극예술'로 극복되고, 때때로 혹은 수시로, 중세 기괴가 곧장 현대 기괴로 이어지기도 한다.

셰익스피어 사극들에서는 왕권 강화가 근대화의 다른 이름이다. 역시 사극은 사극이고, 지나간 역사는 지나간 역사였을까? 어쨌거나, 셰익스피어 사극들에는 실제 역사적 사실과 다른 부분이 간간히 눈에 띄는데, 우리가 역사를 인식하고 역사의 대강을 파악하는 데 방해가 될 정도는 아니고, '드라마'를 위해 불가피한 변형이며, 그 강력한 드라마로 하여, 우리의 균형 잡힌 역사 인식에 오히려 더 도움이 된다고 할 수도 있겠다. 드라마가 역사와 똑같기를 바라는 것도 일종의 완고일 테니.

《심벨린》은 보통 비극으로 분류되고, 흔히 셰익스피어의 마지막 비극으로 불리지만, 심벨린은 로마제국 시대 브리튼 왕이고, 《심벨린》은 존 왕부터 헨리 8세 시대까지를 끊기지 않고 담아내는 셰익스피어 잉글랜드 사극들보다 한참 더 앞선 시대에 '동떨어져' 있지만 역사는 전설의, 꿈같은 이야기로 시작되고 사극도 그렇게 시작하는 게 순리다. 그렇다면 그보다 더 앞선 전설 시대 이야기인 《리어왕》은? 시대에 관계없이, 사극들의 프롤로그 역을 맡기에는 너무나 강력하고 걸출한 비극이다.

《심벨린》 2막 3장 '아침의 노래'는 슈베르트가 곡을 붙인 명곡이 전해 오고, 4막 2장 '만가'는 버지니아 울프 소설 《댈러웨이 부인》 주인공 의식의 흐름의 기조를 이룬다.

첫 노래는, 노래가 끝나자마자 웬 막돼먹은 소리?《심벨린》은 처음부터, 끝나기 직전까지 불안하고, 불안이 불길하다.

브리튼 왕 심벨린의 딸 이너젠이 남모르게 포스튜머스와 결혼하고, 이너젠을 자신의 아들 클로텐과 결혼시키려는 계모 왕비가 그 사실을 일러바치고, 포스튜머스가 추방되는데, 그가 이탈리아에서 아내의 정절을 두고 쟈코모와 내기를 걸고 이길 것을 호언장담 하지만 브리튼으로 건너온 쟈코모가 술수를 부려 이너젠이 잠든 침실에 잠입, 이런저런 가짜 증거를 훔쳐 오고 침실 및 그녀 몸 특징을 설명하니 그걸 철석같이 믿은 포스튜머스는 이너젠에게 자신을 만나러 밀포드 항구로 오라는 편지를 쓰면서 그의 하인 피사니오에게는 오는 도중 그녀를 죽이라고 명한다. 그러나 피사니오는 그녀더러 남장을 하고, 브리튼을 침략 중인 로마 장군 루치우스한테로 가라고 설득하고, 그녀는 오래전 아버지가 추방했던 대신 벨라리어스, 그리고 쫓겨날 당시 벨라리어스가 훔쳐 와 산 동굴에서 키운 두 형제, 즉 그녀의 두 오빠 귀더리어스와 아비레이거스를 만나고, 겁탈을 해서라도 이너젠을 제 것으로 만들려고 그녀를 추적하던 클로텐은 두 형제에게 죽임을 당한다. 몸이 아파 먹은 약이 이너젠을 죽은 듯한 상태에 빠뜨리고 클로텐 시체 곁에 눕혀졌다 깨어나 머리 없는 클로텐 시체를 복장 때문에 포스튜머스 것으로 착각한 이너젠은 루치우스한테로 가고 이어지는 전투에서는 벨라리어스, 귀더리어스와 아비레이거스, 그리고 이탈리아에서 돌아온 포스튜머스의 활약에 크게 힘입어 브리튼인이 대승을 거둔다. 자초지종이 알려지고 온갖 화해와 용서가 이뤄지고, 심벨린은 브리튼과 로마 사이 평화를 위해 로마 황제 아우구스투스에게 조공을 바치겠다 약속하고 모두를 잔치에 초대한다.

'아침노래'는 그 아름다움에 이어지는 클로텐의 막돼먹은 소리가 딱히 음악가 탓은 아니므로 그렇다 치고, 막돼먹은, 그래서 자기들이 죽인, 모가지가 없는 클로텐 시체 옆에 이너젠을 누이며 부르는 아름다운 '만가'라니. 얼핏《심벨린》은, 마치《리어 왕》을 해피엔딩 스토리로 바꾸려 어설프게 뜯어 맞추고 땜질한 듯, 어설프고 황당하다. 이탈리아-프랑스-스페인인 혐오가 너무 노골적이다. 그들 대사는 모두 산문이고 이탈리아인들은 모두 악당들이고, 심지어 포스튜머스의 친구 필라리오조차 방관적이지만 그 전에 포스튜머스 대사도 산문이고, 정말 황당한 내기지만, 내기 성립 직후(1막 4장 마지막) 그가 쟈코모와 함께 퇴장하는 것은, 무슨 라스베이거스도 아니고, 정말 드물게 황당하다. 이너젠은 동음이의어 사용의 뉘앙스가, '은연중 뉘앙스'보다 조금 더 강하게, 사태에 대한 책임이 있고, 그래서 알게 모르게, 그녀가 포스튜머스-클로텐 육체 혹은 시체를 혼동할 때 우리는 '오죽하겠어' 느낌에 아주 약간 가닿게 되고, 포스튜머스가 아직도 이너젠을 못 알아보고 때리는 장면은 그 '황당=오죽'의 극치고, '기계에서 나온 신' 개념은 이 모든 것의 연극(용어)적 측면이고, 그렇다 하더라도 클로텐이, 그리고 계모 왕비가 너무 싱겁게 죽는다. 등장인물 아닌 작가 자신이, 뭔가 지쳤다는 느낌이랄까.

하지만, 《심벨린》에는《리어 왕》뿐 아니라《폭풍우》연관도 있고, 그 둘이 적절하게 부딪치거나 결합, 불행과 시련 속에서도 미리 안심하는, 섭리가 편안한 경지랄까 하는 것을 언뜻 발할 때가 있고, 그때 이너젠을 '최고의 이상적인 여성'으로 보았던, 적지 않은 사람들의 말에 고개가 끄덕여지는 대목이 있다. 하여, 5막 5장 교수형 집행을 앞둔 포스튜머스와 옥리가 펼치는 죽음 대 웃음은 《맥베스》에서보다 덜 비극적이고, 산문적이지만, 그 산문 효과가 '만년작'적이다. 1925년 현대 의상의 《햄릿》이 커다란 영향을 끼치기 2년 전에 같은 방식의 《심벨린》 공연이 있었다는 것은 시사하는 바가 적지 않다 할 것이다.

《심벨린》을 가장, 셰익스피어의 다른 어떤 작품보다 더 가혹하게 평가한 것은 버나드 쇼. 이미 1896년 이너젠 역을 준비 중이던 엘런 테리에게 《심벨린》이 터무니없는 작품이라고 투덜거리더니 급기야 1937년 그는 이 작품의 마지막 막의 결점들을 겨냥한 희곡 《결말을 바꾼 심벨린》을 발표하기에 이른다. 그리고 다행히, '만가' 첫 두 행은 댈러웨이 부인에게 제1차 세계대전의 악몽을 떠올리는 슬픈 만가이자 위엄을 잃지 않는 심오한 안내의 선언으로 거듭난다. 마지막 두 행은 T. S. 엘리엇 시 《요크셔 테리어에게》에서 거의 차용되고 있다. 스티븐 존다임이 아리스토파네스 《개구리들》을 마구잡이로 차용한 동명 뮤지컬에서는 셰익스피어와 버나드 쇼가 최고의 극작가 타이틀을 거머쥐고 되살아나 세상을 더 낫게 할 것이냐를 놓고 경쟁하는데, 죽음에 대한 자신의 견해를 묻자 셰익스피어는 위 만가를 부르는 걸로 답을 대신한다.

《존 왕》은 크게 ('사자심장왕') 리처드 1세 사후 그 둘째 동생인 존 왕과 그 첫째 동생 아들인 '아서 플랜타저넷' 사이 왕위 계승권(상속)을 둘러싼 합법 및 비합법 투쟁, 거래와 정략이 그 줄거리 골간이다. 《리어 왕》에 비해 문학성은 크게 떨어지면서도, 분명 더 높은 사회구성체가 들어서 있고, 왕권과 귀족 사이 경제적 권력 투쟁에서 귀족이 승리한 결과인 마그나 카르타가, 보이지 않거나 아주 희미하게 언급될 뿐이지만, 엄연히 들어서 있다. (사실, 마그나 카르타가 정치-사회적으로 중요해지는 것은 셰익스피어 사후다.) 입성 문제를 놓고 싸우는 것도, 결국 피비릴 것이지만, 우선은 무슨 거래를 방불케 한다.

조카 아서의 잉글랜드 왕위 계승을 지지하는 프랑스 왕 필립과 오스트리아 공작 연합 세력의 사실상 선전포고를 통보 받은 존 왕은 어머니 일리노어, 그리고 리처드 1세의 사생아 필립과 함께 프랑스를 침공했다가 존의 조카딸 블랑슈와 프랑스 왕세자의 결혼으로 평화가 다시 찾아오지만 교황 사절 팬돌프 추기경이 존 같은 골수 이단자와 평화 협정을 맺으면 파문을 시키겠다고 위협하니 프랑스 왕은 존을 배신하고. 이어진 전투에서 잉글랜드가 승리, 사생아 필립이 오스트리아 공작을 죽이고, 아서는 사로잡혀 잉글랜드로 송환되어 살해당할 위협에 처하고, 아서의 어머니 콘스탄스는 슬픔을 못 이긴 광기에 몸부림치다 죽고, 존 왕의 사주를 받은 수행원 휴버트는 차마 아서의 몸에 손을 대지 못했으나, 아서가 달아나려다 죽음을 맞게 되고, 존 왕이 죽였다고 생각한 솔즈베리 등 많은 귀족들이, 잉글랜드를 침공 중인 프랑스 왕세자 쪽에 합류하고. 존 왕은 현시국 통제권을 사생아 필립에게 넘긴 뒤 수도원으로 물러났다 독살당하고, 프랑스 왕세자의 기만술을 눈치 챈 잉글랜드 귀족들이 속속 다시 충성을 맹세하고, 새로 등극한 존 왕의 아들 헨리 3세를 중심으로 똘똘 뭉친 잉글랜드 앞에 프랑스군이 퇴각하며 막이 내린다.

'사생아' 필립 팰컨브리지는 실제 역사에서 아주 희미하게 언급될 뿐이지만, 셰익스피어는 《존 왕》에서 그를 주저 없이 플랜타저넷가 정통이자 제2의 비조로 세워 자신의 사극들을 사실상 '출발'시키며, 이것은 문학적으로 매우 적절한 출발이고, 이것 말고도 《존 왕》은 실제 역사, 혹은 역사서와 어긋나는 내용들이 꽤 있지만 대부분 그 적절함이 야기시켰거나 적절함 속으로 흡수되는 것들이다.

화려장관 볼거리를 관객들이 좋아했던 빅토리아 여왕 시대에는 가장 자주 공연되는 셰익스피어 작품 중 하나였으나 20세기 들면 《존 왕》은 1915년 이후 브로드웨이 공연이 단 한 번도 없고, 1953~2010년 스트렛포드 셰익스피어 축제 공연이 단 4회에 불과한 신세로 전락하지만, 1945년 피터 브룩이 연출한 공연은 그 의미가 적지 않다.

《리처드 2세》를 온통 수놓는 시는 봉건성을 벗는 부르조아적 아름다움의 탄생 과정이라 해도 과언이 아니고, 특히 5막 5장(폼프릿 성 감옥) 전반부 리처드의, 연주되다 그치는 음악과 어우러진, 자신의 소란스런 죽음 직전 독백은 셰익스피어 전 작품을 통틀어 몇 안 되는 압권 중 하나다.

헨리 3세의 세 아들 모두 왕에 오르니, 에드워드 1세(치세 1272~1307), 에드워드 2세(치세 1307~27), 에드워드 3세(치세 13

27~77)가 그들이고 에드워드 3세는 아들 일곱을 두게 되는데, 첫아들 웨일즈 공 에드워드(1330~1376)가 죽자 그의 아들, 즉 에드워드 3세의 장손이 리처드 2세에 오르고《리처드 2세》줄거리는 학정으로 치닫던 그가 에드워드 3세의 넷째 아들인 랭커스터 공작 아들, 즉 사촌 헨리 볼링브루크, 훗날의 헨리 4세에게 밀려나는 잉글랜드 역사의 한 대목이며, 그렇기 때문에《리처드 2세》,《헨리 4세 1부》,《헨리 4세 2부》, 그리고《헨리 5세》를 4부작으로 보아, '헨리 이야기'라는 뜻의 '헨리아드'라 부르기도 한다.

볼링브루크가 리처드의 삼촌 글로스터 공작 암살 죄로 노포크 공작 토머스 모브레이를 고발하자 모브레이가 볼링브루크를 '가장 위험한 반역자'로 맞고소. 리처드는 두 사람의 결투로 자신의 결백을 입증하라 했다가 마지막 순간 모브레이를 영구히. 그리고 볼링브루크를 10년 동안 잉글랜드에서 추방하라 명하고, 아일랜드 원정 경비를 감당해야 했던 그가 사망한 고온트의 재산, 의당 볼링브루크에게 상속되어야 할 그것을 자신의 삼촌 요크 공작, 그리고 노섬벌랜드 백작의 격렬한 반대에도 불구하고 몰수하니, 후자는 자신의 재산을 되찾겠다는 명분으로 권토중래를 도모하는 볼링브루크 쪽에 합류하고, 리처드는 아일랜드 원정을 떠나고 볼링브루크는 요크셔에 상륙, 노섬벌랜드와 함께 버클리 성으로 진격하고 거기에 리처드의 섭정으로 남겨졌던 요크 공작도 어쩔 수 없이 그들을 받아들이고, 웨일즈에 상륙했으나 기대했던 웨일즈 병력이 뿔뿔이 흩어졌거나 자신의 추종자 그린과 부시를 처형하고 높은 인기를 누리는 볼링브루크 쪽에 가담했다는 것을 알게 된 리처드는 요크 공작 아들 오멀을 데리고 플린트 성으로 피신했다가 거기서 볼링브루크에게 사로잡히고, 볼링브루크는 오로지 자기 재산을 찾으려는 것뿐이라고 강변하지만 볼링브루크 앞에 불려 나온 리처드의 남은 추종자 베이갓이 오멀을 글로스터 공작 살해범으로 지목하고, 볼링브루크가 모브레이 사면령을 내려 오멀과 대질시키려 하지만 모브레이는 베니스에서 이미 죽은 터였고, 불려 나온 리처드가 볼링브루크에게 왕위를 양도하고, 칼라일 주교가 불가함을 주장하다가 노섬벌랜드에게 체포되고, 리처드가 런던탑으로 호송되고, 칼라일 주교와 오멀은 볼링브루크 제거를 도모하고, 리처드는 런던탑 아닌 폼프릿 성으로 가던 도중 왕비와 작별하고, 왕비는 프랑스로 떠나고, 오멀의 음모를 발견한 요크가 서둘러 그것을 알리러 볼링브루크에게 가지만, 그전에 오멀이 먼저 도착하여 이실직고하며 용서를 구하고, 요크 부인의 간청에 따라 볼링브루크, 헨리 4세가 용서를 하고, 볼링브루크의 명에 따라 리처드는 엑스턴의 피어스 경에게 살해된다.

3막 4장 왕비와 정원사가 나누는 대화는 뛰어난 서정성과 식물의 비유로 리처드 폐위를 예견시키는, 걸작 막간극이다. 마지막 폐위 장면은 엘리자베스 시대에 워낙 민감한 대목이라 검열에 걸렸고, 제임스 1세 왕의 왕권이 안정되고 나서야 비로소 연기 및 인쇄가 가능했고, 에섹스 지지자들의 요청으로 그의 모반 하루 전인 1601년 2월 7일 무대에 올려진, 폐위 장면이 포함된 공연은 말 그대로 역사적인 공연이 되었다.

《헨리 4세》는 '어제의 동지, 오늘의 적'과 치르는 전쟁을 다루는 잉글랜드 사극임이 분명하지만, 동시에, 《1부》는 폴스타프라는 인물을 탄생시키는, 전쟁, 더군다나 내전을 배경으로 더욱 혹심한 희극 걸작이기도 하다. 주인공은 헨리 4세가 아니라 그의 왕세자 해리와 폴스타프 및 그 패거리들이며, 전쟁, 더군다나 내전을 배경으로 더욱, 산문과 운문의, 그리고 산문끼리 쟁패가 파란만장하다. 해리 왕세자는 폴스타프를 날카롭고 효과 있게 공략하지만, 그리고 내용에서 압도적 우위에 있지만 폴스타프는 논리를 넘어서는 희극성의 존재 그 자체고, 5막 3장 해리와, 즉 전쟁 소문이 아닌 전쟁 현실과 직접 마주치는 대목에서 폴스타프의 '코믹'은 일순 나약하여 해리한테 무참하게 '깨'지지만, 그 나약함이 이런 질문을 열기도 한다. 그럴까, 그런가? 그러나 전쟁에서, 죽음 앞에서 용기를 발하는 것이 정말 용기일까, 그건 무지 아닐까? 그거야말로 위선 혹은 비겁 아닐까? 무엇보다, 평화는, 그리고 희극은 유지되어야 하는 것 아닐까?

《2부》는 그에 비해 산문이 무척 지루하고 폴스타프가 잉여 출연인 느낌이 갈수록 강하며, 에필로그 직전 (헨리 5세에 오른) 해리 왕세자가 폴스타프에게 전하는 이별 통고는 그 자체로 적절하지만, 극 전체로 볼 때 너무 늦었고, 너무 늦었으므로 폴스타프의 대응은 희극적이기는 커녕 그냥 비루할 뿐이다. 그리고, 곧 이어지는 에필로그가 다음 작품에서도 그가 등장한다고 예고하지만 《헨리 5세》에는 폴스타프가 나오지 않고, 그의 죽음이 잠깐 언급될 뿐이다. 1부의 퀴클리('재빨리'), 개즈힐('쏘다니는 언덕')에 덧붙여 돌 티어시트('인형 뜯어내고 괜찮은 쪽'), 스네어('올가미'), 팽('독이빨'), 모울디('곰팡이 낀'), 워트('사마귀'), 휘블('연약한'), 불카프('수송아지') 등 우수마발 백성들의 뜻이름들이 많이 나오는 것은, 이름이 굳어지고 족보가 생겨가는 근대, 더군다나 참혹한 전쟁과 혹심한 희극 사이 절묘한 그것이라고나 할까.

《1부》1402년 6월~1403년 7월 핫스퍼, 그의 아버지 노섬벌랜드, 그리고 그의 삼촌 우스터 백작이 핫스퍼 아내인 퍼시 부인의 오빠 모티머 영주, 모티머 부인의 아버지인 오웬 글렌다워, 그리고 더글라스 백작과 합세, 반란을 일으키지만 약속 장소인 슈루즈버리에서 핫스퍼와 실제로 합류한 것은 우스터와 더글라스 뿐. 핫스퍼는 왕세자(웨일즈 공) 해리와의 결투에서 패하여 죽고 우스터는 처형되고 더글라스는 풀려나는데, 왕세자 해리는 평소 폴스타프 패거리들과 어울려 물주 노릇을 해 주고 함께 도둑질도 하고 '멧돼지 머리 여인숙'에서 부왕과의 가상 만남을 꾸며 우스갯거리로 만드는 등 방탕 및 패륜 행각을 부러 벌이다가 3막 2장 부왕과 실제로 만난 자리에서 본심을 드러내며 참회의 눈물을 흘리고, 부자 화해가 이뤄지고, •왕세자의 위용을 갖춰 전장에 나온 터였고, 폴스타프도 슈루즈버리에 있었다.

《2부》1403~13년 스크로우프 대주교, 헤이스팅스 경, 그리고 문장원 총재 토머스 모브레이가 반란을 일으켰다가 술수에 넘어가 스스로 군대를 해산하고 처형당하는데, 운문을 희화화하는 피스톨이 처음 등장하고 폴스타프는 여인숙 여주인 미세스 퀴클리, 창녀 돌 티어시트와 오래 놀아나더니 징병을 한답시고 간 곳에서 만난 시골재판관 로버트 섈로우를 꼬드겨, 왕세자가 자신의 막역 친구인데 곧 왕에 오를 것이고 그러면 좋은 일이 있게 해 주겠다며 천 파운드를 빌리지만, 런던에서 만난 그 왕세자, 헨리 4세가 죽어 헨리 5세에 오른 그의 친구는 면박을 주며 자기 눈앞에서 꺼지라고 말한다.

극중 모티머는 오웬 글렌다워의 딸과 결혼한 에드먼드 모티머 (1409년 사망)와, 리처드 2세가 후계자로 인정했던 조카 에드먼드 모티머(1424년 사망)를 합쳐 만든 등장인물. 이 등장인물로 인해 요크 가문 전체가 에드워드 3세의 아들들과 실제 역사보다 한발 더 가깝게 된다.

《헨리 5세》의 압권은 단연, 위 대사의 힘을 받아, 전투를 앞두고 수적으로 완전 열세인 병사의 사기를 정말 극적으로 북돋우는 헨리 5세의 연설(4막 3장). 방백에서 절묘하게 이어져 공연 효과는 더 크다. 젊은 왕이 밤에 변장을 하고 막사를 돌아다니며 불안에 떠는 병사들을 달래고 그들이 자신을 정말 어떻게 생각하는지 살피고, 자신도 그냥 사람일 뿐인데 왕으로서 져야 하는 도덕적 책임에 대해 고뇌한 뒤의 연설인 것을 감안하면 감동은 배가된다. 이것을 따로 '크리스피누스 축일 연설'이라고 부른다.

캔터베리 대주교의 말에 고무되어 프랑스 왕관을 거머쥐기 위해 프랑스 원정을 떠나기 전 헨리 5세는 사우샘튼에서 자신을 암살하려는 케임브리지 백작, 스크로우프 경, 그리고 토머스 그레이 경의 음모를 발견, 이들을 처단하고 아르플레르를 점령, 칼레를 향하다가 아쟁쿠르에서 프랑스 대군을 만나지만 크게 승리하며 트르와 조약으로 프랑스 왕의 딸 카트린느와 결혼하는데, 극 초

반, 피스톨과 결혼한 옛 퀴클리가 폴스타프의 죽음을 알리고 피스톨, 바돌프, 그리고 님이 원정대에 참가하지만 바돌프와 님은 약탈죄로 교수형 당하고, 피스톨은 웨일즈인 지휘관 플루얼런을 모욕했다가 그에게 흠씬 얻어맞고 부추 모양 채소 리크를 강제로 먹게 되며, 해리 왕은 플루얼런을 잉글랜드 병사 마이클 윌리엄즈와도 싸우게 만든다.

윌슨(Wilson, John Dover, 1881~1969)은 폴스타프가 《헨리 5세》에 원래 등장할 예정이었으나 켐페가 떠나 마땅한 배우가 없자 폴스타프 대사를 빼고 새로운 에피소드를 집어넣거나 피스톨이 폴스타프 대신 리크를 먹게 한 것이라고 주장한 바 있지만, 어쨌거나, 피스톨의 운문 희화화는 《헨리 5세》에서 아예 거덜 난 운문 차원에 달하고, 님, 바돌프, 피스톨의 코미디는 죽어서도 희극적인 폴스타프 죽음에 무척 심오한 페이소스를 부여한다. 바돌프의 외모는 전쟁-일상의 참상을 희극-역설적으로 강조하고, 아일랜드 방언, 웨일즈 방언, 스코틀랜드 방언의 군인-지휘관들 또한 못지않게 멍청하고, 희극적이다. 해리는 전 작품에서와 마찬가지로 산문과 운문을 모두 구사하지만, 이번에는 서민과 귀족-왕족 모두를 대변하기 위해서며, 헨리 5세의 카트린느 구애는 전부 산문이지만 폴스타프풍 산문은 아니고, 불어 동음이의의 과감한 구사는 귀족 사회 너머 국제(화) 사회를 반영한다. 소년의 죽음은, 미래-비극적이다.

《헨리 6세 1, 2, 3부》의 주인공 헨리 6세(1421~71)는 헨리 5

세와 카트린느 사이에 난 유일한 아들로 돌을 맞기 전 1422년 잉글랜드 왕위에 올랐고, 1426년 웨스트민스터에서, 그리고 1431년 파리에서 대관식을 치렀고 1440~41년 이튼 칼리지, 킹스 칼리지, 케임브리지 대학을 잇달아 세웠으며 1445년 앙주의 마가릿과 결혼했는데, 온화하고 참을성 있는 성품이었으나 아버지가 남겨 준 프랑스 유산을 지켜 내거나 잉글랜드 내 랭커스터 가와 요크 가 사이 장미전쟁을 막을 만큼 강하지는 못하더니, 1471년 튜크스베리 전투 이후 피살된다.

《1부》헨리 5세가 죽고 6세가 즉위한다. 잉글랜드인은 프랑스 내 영지를 지키려 하지만 성처녀 잔('창녀이자 마녀')의 활약에 자꾸 밀리고 잉글랜드 군을 이끌며 용감하게 싸워 수차례 승리를 거둔 탈봇도 결국 죽고 잉글랜드 내부에서 호국경 글로스터 공작과 윈체스터 주교 헨리 보포트(훗날 추기경) 사이 알력이 심해지며 템플 정원에서 양쪽이 각각 붉은 장미와 백장미를 뽑아 랭커스터 가와 요크 가 사이 본격적인 장미전쟁의 시작을 알리고, 헨리 6세는 나폴리 왕이자 앙주 공작인 르네의 딸 마가릿과 결혼한다.

《2부》왕이 마가릿과의 결혼 선물로 앙주와 마인을 장인에게 양도한 것에 격렬한 이의를 제기하는 호국경 글로스터에게 마가릿 왕비, 추기경 보포트, 왕비의 연인 서포크, 그리고 요크가 앙심을 품고, 왕을 해코지하는 마법을 썼다는 누명을 씌워 글로스터 공작부인을 추방하더니, 글로스터마저 체포한다. 살인 혐의로 추방된 서포크가 해적들한테 다시 피살되고, 4막 대부분은 잭 케이드의 반란과 죽음의 장. 5막에서 장미전쟁이 시작되어 헨리 왕, 마가릿 왕비, 서머싯 공작과 늙은 클리포드 영주가 랭커스터 편에 서고 워릭 백작과 그 아들 솔즈베리 백작이 요크와 그 아들들을 지지한다. 1455년 세인트 앨번즈 전투가 벌어지고 서머싯 공작과 클리포드 영주가 전사한다.

《3부》 세인트 앨번즈 전투가 끝나고 헨리 6세가 요크를 자신의 왕위 계승자로 하지만 마가릿 왕비는, 아들 클리포드의 후원을 업고 자신의 적통 왕세자 에드워드를 위해 싸움을 계속, 웨이크필드에서 클리포드가 요크의 어린 막내아들 러틀랜드를 죽이고 요크도 사로잡혀 클리포드와 마가릿에게 모멸당한 후 칼에 찔려 죽는다. 하지만 요크의 두 아들, 훗날 에드워드 4세(치세 1461~83)와 리처드, 훗날 리처드 3세(치세 1483~85)가 1461년 타우튼 전투에서 랭커스터 가문을 물리치고, 여기서 클리포드가 살해당하고 헨리 6세가 체포당하고 왕에 오른 에드워드가 엘리자베스 우드빌과 결혼하자 워릭이 마가릿 편에 합류, 헨리를 풀어주고 에드워드를 사로잡지만 에드워드는 달아났다가 헨리를 다시 사로잡고, 1471년 바넷 전투에서 워릭군을 물리치고 워릭을 죽인다. 1471년 튜크스베리 전투에서 랭커스터 가문이 최종적으로 패퇴하고 헨리 6세의 맞아들 에드워드를 칼로 찔러 죽이며, 리처드는 런던탑으로 달려가 헨리 6세를 죽인다.

장미전쟁을 다루면서 특히, 법률용어가 난립한다. 초기작이지만 탈봇의 절규는 리어 왕을 연상시키기에 족하고, 서포크가 마가릿을 '꼬시'는 이야기는, 그에 비하면 더욱, 지루하고 지리멸렬한 코미디지만, 잠깐 동안의 평화 속이라는 것을 감안하면 그럴 법하기도 하다. 평화란 그런 것이고, 그래서 좋은 거니까. 폴스타프를 뒤집었달까. 그것을 다시 뒤집어 잭 케이드를 그리 심하게 희화화했을까? 서머싯 공작은 헨리 보포트와, 그의 공작 작위를 물려받은 동생 에드먼드를 합친 인물이다.

《리처드 3세》는 기형의 왕이 벌이는, 소름끼칠 정도로 기괴하고 *끔찍한* 정치의 장이다.

에드워드 4세(1442~1483)는 잉글랜드 최초의 요크 가문 출신 왕으로 1461. 3. 4.~1470. 10. 3 통치 때는 폭력으로 얼룩졌고 잠시 랭커스터 가문에게 밀렸으나 튜크스베리 전투 때 랭커스터 가문을 완전 제압하고 다시 왕위에 오른 뒤 나라를 평화롭게 다스리다가 갑작스레 죽음을 맞은 인물이다. 꼽추 리처드, 훗날 리처드 3세의 맨 처음 독백을 우리는 이 책 맨 앞에서 이미 읽었고 그의 치세는 2년에 불과하다.

에드워드 4세의 임종이 시시각각 다가오고 그의 둘째 동생인 리처드가 왕위를 차지하려면 그와 왕좌 사이 여섯 사람, 에드워드의 두 아들. 즉 왕세자 에드워드와 요크 공작, 그리고 에드워드의 딸 엘리자베스. 리처드의 형인 클래런스. 클래런스의 어린 아들과 어린 딸을 처리해야 한다. 1막에서 리처드는 형 클래런스를 런던탑에 갇히게 만든 다음 다시 손을 써서 죽이는 데 성공하고, 튜크스베리에서 자신의 손으로 직접 죽인 헨리 6세 왕세자 아들 에드워드의 미망인 앤 부인한테 뻔뻔스럽게 구애, 훗날, 놀랍게도, 결혼하는 데 성공한다. 헨리 6세의 미망인 마가릿은 코러스처럼 출몰하며 철천지원수들인 요크 가문 사람들을 저주하는 한편 리처드를 조심하라 경고하고, 에드워드 4세가 죽자 리처드는, 버킹검 공작의 후원을 받으며 왕비파를 공격, 그녀 동생 리버스 백작과, 그녀가 전 남편 사이에 낳은 아들 그레이 경, 그리고 에드워드의 고명대신 격인 궁내장관 헤이스팅스 경을 죽이고. 에드워드의, 에드워드 5세로 등극이 예정된 왕세자와 왕자 요크 공작을 런던탑에 가두고, 버킹검 공작이 런던 시민을 설득하여 리처드를 왕으로 선포케 하고, 왕에 오른 리처드가 런던탑의 왕세자와 왕자를 암살케 하고, 에드워드의 딸 엘리자베스와는, 자책과 병으로 죽어 가는 아내 앤을 더 빨리 죽게 조치한 후. 결혼하려 계획한다. 클래런스의 딸은 신분이 미비한 신사와 결혼할 것이고, 그의 아들들은 멍청하니 그만하면 되었다. 그런데 왕세자를 죽인 것에 대해 버킹검 공작 마음이 갈팡질팡하고, 리처드가 내치니 버킹검은 헤이스팅스의 친구 스탠리 경의 사위인, 랭커스터 가문의 리치먼드 백작 헨리 튜더, 훗날의 헨리 7세와 합류하려다 사로잡혀 처형되고, 상륙한 헨리 튜더의 군대가 보스위스에서 리처드 군대와 마주친다. 전투 전날 밤 리처드가 죽인 사람들의 유령이 차례차례 나타나 그를 저주하고 그의 패배를 예언하고, 그 예언대로 되고 헨리 튜더가 헨리 7세로 추대된다.

리처드 3세의 찬탈 과정은 속이 빠르고, 헨리 7세 등장 이전까지는 명분도 아름다움도 의리도 비극성도 동반 퇴색하지만, 리처드 3세가 리처드 3세를 기괴하게 여기는 극에 달할 때까지 축적되는 기괴의 과정, 그 기괴의 미학, 즉 기괴의 이미저리와 그럴듯함은, 사례를 찾기 힘들다. 실제 역사에서 마가릿은 장미전쟁 패배

후 그녀 아버지가 몸값을 지불하고 데려갔고 그 뒤 잉글랜드로 돌아오지 않았다.

1955년 올리비에는 자신이 감독 출연한 영화 한 편으로 가장 유명한, 그리고 가장 자주 패러디되는 리처드 3세 배우가 된다. 셰익스피어 《헨리 6세 3부》의 몇몇 장면 및 연설을 시버가 다시 쓴 희곡 '리처드 3세'와 합친 그 영화 대본에는 마가릿 왕비와 요크 공작부인이 아예 없고, 위 리처드의, 유령들의 저주 그 후 독백이 없다. 코미디언 피터 셀러즈는 1965년 비틀즈 음악 특집 TV 방송에서 비틀즈 노래 '고된 하루의 밤'을 올리비에의 리처드 3세 풍으로 읊었고, BBC TV 시튜에이션 코미디 《블랙 애더》시리즈 첫 에피소드 또한 올리비에 영화를 일부 패러디, '자애로운' 리처드가, 셰익스피어 원작 대사를 망가뜨린다. 이제 우리 달콤한 만족의 여름은 구름 뒤덮인 겨울이 되었다 이 튜더의 구름들이 해냈어……. 2002년 영화 《거리의 왕》은 리처드 3세 이야기를 갱단 풍속도로 녹여 내고, 2011년 영화 《왕의 연설》에는 '이제 우리 불만의 겨울은/ 영광의 여름 되었다 이 요크 가문 태양 아들이 해냈어' 대사를 읊는 리처드 3세 배역 오디션이 나온다.

튜더 가문의 첫 왕 헨리 7세(치세 1485~1509)는 1483년 자신의 맹세를 지켜 1486년 요크의 엘리자베스와 결혼, 요크 가와 랭커스터 가를 통합하는 식으로 튜더 왕가 왕권 기반을 탄탄히 다졌고 그의 사망 후 헨리 8세가 순조롭게 왕위를 이어 받았다.

《헨리 8세》는 지문이 셰익스피어 작품 가운데 가장 정교하며,

도버 윌슨 및 소수를 제외한 셰익스피어 학자들이 존 플레처와 합작인 것으로 여기며, 아마도 셰익스피어가 1막 1장과 2장과 4장, 3막 2장 1~203행(왕의 퇴장까지), 5막 1장을, 플레처가 프롤로그 및 에필로그를 포함한 나머지를 썼을 것이고, 드라마라기보다는 일련의, 각 개인들이 겪는 재앙이나 사건들의 나열이다. 울시 추기경과의 권력투쟁에서 밀려 대역죄로 고발당하고 재판받고 처형당하는 버킹검 공작, 강제 이혼당하고 끝내 죽음을 맞는 캐서린 왕비, 왕과 결혼하는 앤 불린, 그것을 막으려던 음모가 들통 나 실각하고 역시 죽음을 맞는 울시, 캔터베리 대주교에 임명되었다가 윈체스터 주교 가디너의 탄핵을 받지만 왕이 나서서 위기를 모면시켜 주는 크랜머…… 그리고 마지막은 앤 불린과 헨리 8세 사이 태어난 국왕 장녀 엘리자베스, 훗날 엘리자베스 1세의 세례식을 축하하는 일대 소란이고 장관이다.

2. 셰익스피어 '연극＝생애' 안팎

튜더 왕조 시대부터 지금에 이르기까지 잉글랜드(영국) 왕실은 일을 크게 세 가지로 나누어 고관에게 각각의 책임을 맡기는바, 왕실 제3위 고관인 사마관(司馬官, the Master of the Horse)이 주로 바깥일을, 제2위 고관인 가령(家令, the Lord Steward)이 음식과 음료, 조명 및 난방 따위 지하 일을, 그리고 제1위 고관 궁내장관(the Lord Chamberlian of the Household)은 지상의 모든 일을 담당한다. 군주의 거처, 의상, 여행, 손님 접대, 여흥 등등. '궁내'는 다시 둘로 나뉘는데, 1) 궁내 사실(私室)은 엘리자베스 1세 여왕 시대의 경우 궁내장관, 부장관, 기사 4명, 기사장(Knight-Marshall), 신사 18명, 궁내관(Gentleman-Usher) 4명, 말구종장(Groom-Porter), 말구종 14명, 고기 써는 사람 넷, 술잔 따라 올리는 사람 셋, 재봉사 넷, 수행 기사 종자(Squire to the body) 넷, 2등 궁내관(Yeoman-Usher) 넷, 시동 넷, 전령 넷, 여왕 전속 목사(Clerk of the Closet) 둘, 그리고 많은 귀족 신분 시녀 및 하녀들이, 2) 알현실은 수행 시하인(Esquire of the Body)들과 더 많은 궁내관 및 말구종들이 관리했다.

셰익스피어는, 모든 배우-공동소유주들이 그렇듯, 궁내장관 직속의 말구종 신분이지만, 월급을 받은 것은 아니다. 잔치 및 공연 따위를 담당하는 일이 헨리 7세 때 상설 부서로 격상되고 책임자가 임명되었는데, 직제상 궁내장관 직속이지만 점차 극장 전반에 폭넓고 독립적인 권력을 행사하게 된다. 공공극장에서는 오후 두 시경 공연이 시작되어 두 시간 혹은 두 시간 반 동안 이어졌고, 개인 극장에서는 어차피 인조 조명이 필요했으므로 더 늦게 시작할 수도 있었다. 포스터 따위로 공연 작품을 홍보했고, 트럼펫을 세 번 불어 공연 시작을, 깃발을 달아 공연 중임을 알렸다. 비극일 경우 천정에 검은 커튼을 매달았다. 극장 입구에서 입장료를 거뒀고, 최상층 관람석 입구에서 추가 요금을 받았다. 세 번째 트럼펫 소리가 울리면 프롤로그가 전통적인 검은 복장으로 등장하고 연극이 공연되는데, 공공극장에서는 아마도 중간 휴식이 없었지만, 개인 극장에서는 음악을 위한 중간 휴식이 있었고, 이 전통을 17세기 초 극장들이 변형된 형태로 채택하게 되었을 것이다. 공연이 끝나면 에필로그가 나와 관객에게 박수갈채를 부탁하고, 지그 춤곡이 이어졌다. 관객들이 빠져나가면 배우-극장주들이 거둔 돈을 계산, 최상층 추가 요금의 반을 임대료로 극장주(아마도 자기 자신들)에게 지불하고 고용 배우들에게 급료를 주고 나머지를 자기들이 챙겼다. 역병과 청교도들이 배우들의 최대 적이었다. 런던은 상인과 장인들, 그들의 도제들과 여행자들의 도시였고 도시를 다스리는 것은 런던 시장, 그리고 12개 복장 조합이 선출한 대표들로 구성된 시 자치체였는데, 역병이 돌면 추밀원이 시 자치체 성화에 못 이겨 극장 폐쇄를 명할 밖에 없었고 그러면 런던 배우들은 지방을 순회하며 지역 터줏대감 극단들과 힘겨운 경쟁을 벌여야 했다. 1584년 배우들은 역병으로 인한 사망자가 주 50명을 넘지 않는 한 공연을 허락하는 게 이치에 맞다고 주장했고 시 자치회는 온갖 원인으로 인한 사망자 수가 3주 연속 50을 넘지 않아야 한다고 답했는데, 1607년에는 역병 희생자 수가 30을 넘을 경우, 그 후에는 40을 넘을 경우 자동적으로 극장 문을 닫았을 것이다.

셰익스피어 사극들을 따라 우리는 곧장 셰익스피어 탄생 직전까지 왔다. 피터 홀의 '완전히 다른 사람이 되는 능력'과 '그 능력을 다룰 수 있는 또 다른 능력'은 물론 역사상 가장 민활한 시적 상상력과 연극 기획력, 그리고 극장 운영 수완을 갖춘 예술가 가운데 하나였던 그를 통해 잉글랜드 역사가 응집, 현재화할 뿐 아니라, 예술-미래화한다. 그리고, 첫 작품《헨리 6세 2부》를 쓰기 시작한 1590년부터 마지막 작품《헨리 8세》를 마친 1613년까지 이어지는 그의 '연극=생애'는 잉글랜드 역사 이전 그리스 신화(《한여름 밤의 꿈》), B.C. 1천2백 년 무렵 미케네 문명 그리스인들이 10년 동안 벌인 트로이 전쟁(《트로일루스와 크레시다》, 소포클레스(497~406 BC.) 당대인 BC. 491년 무렵 볼스키 족을 이끌고 로마를 공격했으나 아내와 어머니의 간청에 로마를 봐주고, 오히려 볼스키 족한테 죽임을 당하던 초기 로마 공화국 귀족(《코리올라누스》), 에우리피데스(469~399 BC.)와 소크라테스(450~404 BC.) 당대 그리스(《아테네의 타이먼》), 헬레니즘 시대(《페리클레스》), 로마공화국이 제정으로 넘어가던 시절(《줄리어스 시저》, 《안토니와 클레오파트라》), 그리고 플루타르크(46~110) 당대 (《티투스 안드로니쿠스》) 역사까지 응집, 현재화하고, 예술-미래화한다. 그리고 걸작들은 그 응집, 현재화, 예술-미래화를 끊임없이, 갈수록 질 높게 추동하는 동시에 끊임없이 그 추동의 결과물이다.

김정환

1954년 서울 출생. 서울대 영문과를 졸업했다.
1980년 《창작과 비평》에 시 '마포, 강변동네에서' 외 5편을 발표하면서 작품 활동을 시작했다.
시집 《지울 수 없는 노래》 《하나의 이인무와 세 개의 일인무》 《황색예수전》 《회복기》
《좋은 꽃》 《해방 서시》 《우리 노동자》 《기차에 대하여》 《사랑, 피티》 《희망의 나이》
《노래는 푸른 나무 붉은 잎》 《텅 빈 극장》 《순금의 기억》 《김정환 시집 1980-1999》
《해가 뜨다》 《하노이 서울 시편》 《레닌의 노래》 《드러남과 드러냄》 등 20여 권의 시집과,
소설 《파경과 광경》 《세상 속으로》 《그 후》 《사랑의 생애》,
산문집 《발언집》 《고유명사들의 공동체》 《김정환의 할 말 안 할 말》,
평론집 《삶의 시, 해방의 문학》, 음악 교양서 《클래식은 내 친구》 《내 영혼의 음악》,
문학 창작 방법론 《작가 지망생을 위한 창작 강의 일곱 장》,
역사 교양서 《상상하는 한국사》 《20세기를 만든 사람들》 《한국사 오디세이》 등이 있으며,
《더블린 사람들》 《세익스피어 평전》 등을 번역했다.
2007년 제9회 백석 문학상을 수상했다.

심벨린

Copyright ⓒ 김정환, 2012

첫판 1쇄 펴낸날 | 2012년 10월 20일
지은이 | 셰익스피어
옮긴이 | 김정환
펴낸이 | 박성규
펴낸곳 | 도서출판 아침이슬
등록 | 1999년 1월 9일(제10-1699호)
주소 | 서울시 은평구 신사동 25-6(122-882)
전화 | 02)332-6106
팩스 | 02)322-1740
이메일 | 21cmdew@hanmail.net
ISBN 978-89-6429-121-4 04840
ISBN 978-89-6429-132-0 (세트)
책값은 뒤표지에 있습니다.